오늘만 회애 변경

오늘만 최애 변경

범유진
장편소설

허브ㄴ

차례

01. 별이 사라진 날 …… 007

02. 덕밍아웃과 영비걸 …… 021

03. 최애 동지가 생겼다 …… 037

04. 거짓말과 초코 우유 …… 051

05. 생일 카페 전쟁 …… 067

06. 덕질은 필요할 때 찾아온다 …… 082

07. 기쁘지 않은 승리 …… 098

08. 믿고 싶은 마음 …… 117

09. 나영과 영비걸 …… 132

10. 좋아하니깐 어쩔 수 없어 …… 148

11. 단둘이 기차 여행 …… 164

12. 오늘만 최애 변경 …… 175

작가의 말 …… 190

01. 별이 사라진 날

별이 몽땅 사라졌다.

잘못 봤나 싶었다. 하지만 눈을 비비고 다시 봐도 '아이돌 별 스타 리그'의 아이디 옆에 표시된 별의 개수는 0. 제로였다. 앱 오류인가 싶어 껐다가 다시 켰다. 그래도 마찬가지였다. 지겨운 광고를 하루에 열 개씩 꾸역꾸역 봐가며 모은 별 300개는 어디에도 없었다. 다급히 투표 페이지를 클릭했다. '뮤직 리그 페스티벌'의 참가팀을 선발하는 투표가 한창이었다.

별스타 리그는 매년 방송국과 협업해서 국내외 유명 뮤지션이 대거 참가하는 뮤직 리그 페스티벌을 연다. 그리고 그 페스티벌에 참가할 신인 가수를 딱 세 팀, 앱 내에서 진행되는 투표를 통해 선발한다. 투표에서 이기는 방법은 간단하다. 별을 많이 받으면 된다. 그 별을 누구에게서 받느냐고? 당연히 팬이다. 좋아하는 연예인을 큰 무대에 세우겠다는 일념 하나로 팬들은 별을 모은다. 광고를 보고, 별스타 리그 앱과 연계된 사이트에서 물건을 사고, 시답지 않은 미션을 한다.

"아악! 안 돼! 우리 비보가 4위잖아!"

투표 순위를 확인하자마자 비명이 터져 나왔다. 내가 응원하는 그룹 '비스킷 보이즈', 통칭 '비보'의 순위가 하룻밤 사이에 3위에서 4위로 떨어졌다. 3위와의 차이는 500표. 지금이야말로 한 달간 모은 별을 쏟아부어야 할 때였다. 그랬는데, 그래야 하는데…!

별이 사라졌다. 하나도 남김없이, 깡그리!

해킹일까? 고등학생 폰을 해킹해서 고작 아이돌 투표 앱의 별을 털어 가다니, 그런 이상한 해킹범이 등장했단 소문은 들어본 적이 없다. 한참을 휴대전화를 붙들고 앱 이곳저곳을 누르는데 '내 별 사용 목록'이 떴다. 이런 메뉴가 있는 건 처음 알았다. 이제껏 사용 목록을 확인할 필요도 없이 내 별은 모두 비보의 것이었으니깐. 그러나 목록 맨 위에 뜬 이름은 비보가 아니었다.

"이한한. 뮤직 리그 페스티벌 투표 별 300개 사용…. 뭐야, 이게!"

이한한. 낯설지는 않지만 반갑지도 않은 이름 석 자가 내 별 사용 목록에 떡하니 자리 잡고 있었다. 해킹이다. 이건 정말 해킹이 아니면 일어날 수 없는 일이다. 다른 사람도 아닌 이한한에게 투표라니!

이한한. 작년에 전국을 강타한 트로트 경연 프로그램 우승자다. 이른바 '할머니, 할아버지들의 아이돌'. 프로그램 시청률이 30퍼센트를 넘겼네, 이한한이 선전한 골프복이 매진이 되었네, 어머니들이 이한한 덕분에 활기를 되찾았네, 그런 기사가 연이어 연예면을 장식했다. 그러거나 말거나, 나와는 관계없는 일이었다. 아무리 트로트 열풍이 전국을 강타해도 중·고등학교 교실 안까지는 휘몰아치지 못했다. 나를 비롯해서 같은 반 아이들 중 그 프로그램을 본 사람은 아무도 없었다. 이한한의 이름을 아는 애들도 드물었다. 그나마 내가 이한한을 아는 건, SNS에 종종 이한한에 대한 글이 올라왔기 때문이다. 엄마가 이한한 팬 활동을 시작해서 처음으로 자기 팬 활동도 인정받았다는 글. 이한한 앨범 나오면 할아버지 선물로 사드리기로 했다는 글. 이한한이 활동을 시작한 초반에 올라온 글들은 대부분 훈훈한 미담이었다. 그해, 이한한이 연말 가요 시상식 무대에 서기 전까지만 해도 그랬다.

"어쩌지? 일단 문의 메일을 보내야 하나?"

아니면 SNS에 해킹이 의심된다고 공론화 글을 써야 할까? 별스타 리그의 공정성이 의심된다고? 그랬다가 이한한 팬들에게 사이버 불링이라도 당하면? 상상만으로 목이 바짝 말랐다. 나는 자리에서 일어나 방을 나갔다.

"윽. 이게 무슨 냄새야?"

방문 밖으로 한 걸음 나가자마자 비린내가 코를 찔렀다. 텅. 텅. 주방은 칼이 도마를 내리치는 소리로 가득했다. 냄새와 소리,

그 모든 것이 곤두선 신경을 건드렸다.

"엄마, 지금 뭐 하는 거야?"

냉장고 문을 열면서 던진, 질문을 가장한 짜증에 칼 소리가 잠시 멈췄다. 나는 냉장고에서 주스를 꺼내 식탁 의자에 앉았다.

"매운탕 끓이려고."

"웬 매운탕. 나도 아빠도 생선 싫어해."

엄마는 대답 없이 다시 칼을 내리쳤다. 텅. 텅. 낯설다. 저녁 7시에 집에서 음식 만드는 냄새와 소리가 나는 것도, 싱크대 앞에 엄마가 서 있는 것도 아직까지 낯설기만 하다.

올해 초, 엄마가 회사를 그만뒀다. 엄마는 노무사였다. 공인노무사. 어릴 적에, 내가 엄마 직업을 말하면 반 아이들은 꼭 한 번씩 되물어 봤다. "노무사? 변호사가 아니라?" 그럼 난 어깨를 쫙 펴고 "변호사랑 비슷하지만 달라. 노무사는 노동 관련 전문가야"라고 말했다. 사실 나도 노무사가 무슨 일을 하는지 정확히 알지 못했다. 내가 알았던 건 엄마는 억울한 일을 겪은 사람을 도와준다는 거였다. 매일 아침 정장을 차려입고 나가는 엄마가 내 눈에는 변신을 하고 나가는 정의의 사도처럼 보였다.

3년 전, 엄마가 다니는 회사가 집에서 버스로 3시간이나 떨어진 곳으로 옮겨 갔다. 엄마는 이사를 갈지 말지 고민했다. 나는 절대 이사를 가고 싶지 않았다. 이사를 간다는 건 곧, 전학을 가야 한다는 뜻이다. 중학생이 된 지 한 달도 지나지 않던 때였다. 간신히 학교에 적응했는데 전학이라니. 아빠가 운영하는 치킨 가게를 옮기는 문제도 겹쳐서 결국 엄마 혼자 회사 근처에서 자취를 하기로 했다.

그때부터 3년간, 엄마와의 별거가 시작되었다. 엄마는 일주일에 한 번, 일요일에만 집에 왔다. 엄마와 함께 살지 않아서 외롭지 않았냐고? 전혀 아무렇지 않았다고 하면 거짓말이다. 아무리 평소에 엄마가 바빠서 얼굴 마주하는 시간이 적었다고 해도 한밤중에 엄마가 집에 있는 것과 없는 건 완전 다른 문제였다. 나는 그때까지도 자다가 악몽을 꾸면 반드시 엄마와 함께 자야 했기에 더욱 그랬다.

그래도 괜찮았다. 그쯤은 참을 수 있을 만큼, 일하는 엄마가 좋았다. 중학교 때, 잡지에 엄마의 인터뷰가 실렸다. 사진 속 엄마는 근사했다. 친구들은 입을 모아 부럽다고 했다. 우리 엄마는 만날 잔소리만 하는데, 우리 엄마는 고무줄 바지만 입는데, 우리 엄마는 책 한 권도 읽지 않는데. 우리 엄마는, 우리 엄마는…. 잔소리쟁이, 참견쟁이, 신경질만 내는 엄마들과 엄마는 완전히 달랐다. 늘 조곤조곤 조리 있게 말하고 유머 감각이 있고 정의로운 엄마. 엄마는 내 동경의 대상이었다.

"너랑 아빠만 입이야? 내가 먹고 싶다고!"

쾅. 엄마가 도마를 두 동강 낼 듯 칼을 내리쳤다. 깜짝 놀라 주스를 따르던 손이 흔들렸다. 컵 아래로 주스가 흘러내렸다.

"왜 소리를 질러?"

낯설다. 엄마가 앞치마를 두른 모습도, 화를 내고 소리를 지르는 것도 낯설다. 엄마는 이제부터라도 나와 함께 시간을 보내려고 회사를 그만뒀다고 했다. 그 말을 들었을 때는 얼마나 설렜는지 모른다. 엄마와 함께 영화를 보고, 서점에 가고, 피자를 먹으면서 수다를 떠는 모습이 그려졌다. 친구들은 내게 "꿈 깨!"라고 했다. 엄마는 짜증을 주고받는 대상일 뿐이라나. 중학교 1, 2학년 때까지는 엄마와 꽤 사이가 좋았다던 애들까지도 중학교 3학년이 된 후에는 "하루하루가 전쟁이야"라고 말했다. 친구들이 아무리 그렇게 말해도 나는 믿었다. 엄마와 나는 분명 친구 같은 관계가 될 수 있을 거라고 말이다.

하지만 그 믿음은 엄마가 회사를 그만두고 처음으로 함께 외출한 날에 와장창 깨져버렸다.

*

2월 중순, 엄마와 함께 고등학교 교복을 맞추러 갔다. 엄마가 집으로 짐을 옮겨 온 주의 주말이었다. 집을 나서서, 엄마의 승용차에 탈 때까지만 해도 모든 게 좋았다. 정장을 입고 운전을 하는 엄마의 모습은 늘 그렇듯이 멋졌다. 하지만 차가 주차장을 빠져나가고 몇 분 후, 첫 균열이 일어났다. 엄마는 골목에 나가자마자 거칠게 경적을 울렸다.

"아니, 이 좁은 골목을 저렇게 빨리 달리면 어떻게 해!"

차 앞으로 오토바이 한 대가 빠르게 달려나갔다. 엄마는 오토

바이를 향해 욕을 내뱉었다. 엄마가 욕을 하는 건 그때 처음 들었다. 눈을 휘둥그레 뜨고 운전석의 엄마를 바라보았다.

"사이즈는 한 치수 큰 거 사자. 키가 클 테니까."

엄마는 아무 일 없었다는 듯이 내게 말을 건넸다.

"어… 응. 생활복은 큰 거 살게. 치마는 딱 맞는 걸로 사고 싶어. 그게 예뻐."

"안 돼. 치마도 일단 큰 걸로 사서 줄여."

"싫대도. 치마 큰 거 입으면 애들이 촌스럽다고 해."

"아 좀! 말 좀 들어!"

엄마가 버럭 소리를 질렀다. 나는 깜짝 놀라 엄마를 봤다. 엄마는 크게 숨을 내쉬었다.

"…큰 거 사서 줄여. 그럼 되잖아. 작은 거 늘리기보단 큰 거 줄이는 게 나아."

숨을 내쉰 엄마는 언제 화를 냈냐는 듯, 침착하게 말을 이었다. 나는 얼결에 고개를 끄덕거리곤, 그 후론 휴대전화만 들여다봤다. 나는 엄마에게 하고 싶은 이야기가 엄청 많았다. 고등학생이 되어서 불안한 마음과, 중학교 때 친했던 애들과 학교가 갈린 서운함 등을 털어놓고 싶었다. 열일곱 살이란 나이가 이토록 불안이 아슬아슬하게 차올라 금방이라도 넘칠 듯 숨찬 것인지 몰랐다고 하소연하고 싶었다. 아빠나 친구가 아닌, 꼭 엄마여야만 했다. 어릴 적 악몽을 꾼 날에 막무가내로 파고들던 엄마의 품처럼, 엄마는 모든 걸 받아줄 것 같았다. 하지만 엄마가 또 화를 낼까 봐

말을 걸 수가 없었다. 이건 아닌데. 이건 아닌데. 휴대전화만 어루만지다가 교복 매장에 도착했다. 매장 안에 들어서자 가라앉았던 기분이 조금 좋아졌다. 사방에 가득 걸린 교복과 곳곳에서 교복을 고르고 있는 아이들까지, 매장 안은 들뜬 설렘이 흘러넘쳤다. 매장의 직원이 나와 엄마에게로 다가왔다.

"어서 오세요. 어느 고등학교 배정받았어요?"

매장 직원은 붙임성 좋게 말을 건넸다. 나와 엄마는 직원의 안내를 받아 치수를 재고 교복을 골랐다. 직원은 생활복 상의를 창고에서 가져와야 하니 잠시 기다리라며, 주스와 과자를 내주었다. 가게 한쪽에 놓인 탁자에 앉아 직원이 돌아오기를 기다리는데, 할머니 한 분이 자리로 다가왔다.

"어휴, 반가워라. 그쪽도 손녀 교복 맞추러 왔지요? 나만 혼자 할멈일 줄 알고 긴장했는데 잘됐네. 요즘 맞벌이가 많아서 엄마들이 다 친정에 맡긴다는데 왜 내 주변엔 그런 친구가 없나 몰라. 어느 학교예요? 손녀 돌보미끼리 친하게 지냅시다."

할머니는 반색을 하며 엄마에게 손을 내밀었다. 할머니 옆에는 내 또래인 듯한 여자애가 무선 이어폰을 끼고 서 있었다. 여자애는 나와 같은 인현고등학교 교복을 손에 들고 있었다.

"누가 할머니예요?"

엄마의 매서운 목소리가 가게 안에 울려 퍼졌다.

"아니, 아무리 봐도 나랑 비슷한 나인데. 그럼 할머니지."

"저 애 엄마예요!"

엄마가 할머니의 손을 뿌리쳤다. 할머니는 엉거주춤 한 걸음 뒤로 물러섰다.

"왜 그래. 엄마."

할머니. 엄마가 그렇게 부른 건 처음이 아니었다. 엄마와 함께 슈퍼에 가거나, 가족끼리 식당에 가면 꼭 누군가는 엄마를 그렇게 불렀다. 엄마만이 아니다. 아빠 가게의 단골손님들은 아빠를 '할아버지'라고 불렀다. 내 친구들도 아빠를 처음 만났을 때 조금도 망설이지 않고 "할아버지. 안녕하세요"라고 인사했다.

나는 이른바 늦둥이다.

내가 태어났을 때 아빠는 마흔여덟 살, 엄마는 마흔일곱 살이었다. 결혼 후 오랫동안 아이가 생기지 않던 두 사람에게 기적처럼 찾아온 아기. 그게 나 한수리다. 기적의 아이. 기적의 출산. 부모님 주변의 사람들은 입을 모아 기적을 외쳤다. 그러나 육아는 현실이었다. 맞벌이였던 아빠와 엄마의 육아는 한없이 고되었다. 결국 내가 열 살이 되던 때, 아빠는 조금 빠른 명예퇴직을 결심했다. 아빠가 퇴직금을 받아 치킨 집을 차린 후, 나는 가게와 집을 오가며 그럭저럭 컸다. 내가 가게에서 놀고 있으면 누군가 "아빠가 할아버지라 창피하겠네"라고 말하기도 했다. 그때마다 나는 있는 힘껏 고개를 가로저었다. 부끄러울 이유가 없었다. 그도 그럴 것이 내 친구들 중 대다수가 할머니 손에서 자라고 있었다. 맞벌이가 많은 지역이었으니깐. 나를 데리러 온 아빠가, 친구를 데리러 온 할머니와 인사를 나누는 모습은 무엇 하나 이상하지 않았다. 무엇보다 나는 아빠의 주름진 얼굴이 좋았고, 엄마의 흰머리가 좋았다. 아빠와 엄마가 자신의 나이를 부끄럽게 여기지 않았기에 나 역시 그랬다.

그랬는데, 저런 엄마라니.

"왜라니?"

엄마가 나를 노려보았다.

"저 사람이 나보고 할머니라잖아!"

할머니란 말에 얼굴이 새빨개지도록 화를 내는 엄마는, 내가 아는 엄마가 아니었다. 할머니는 어리둥절한 표정으로 나와 엄마를 번갈아 보다가 "늦둥이야?"라고 중얼거리더니, 어쩔 줄 몰라 하며 사과를 했다. 여자아이는 인상을 썼고 창고에서 직원이 달려 나왔다. 엄마는 그때까지도 분을 이기지 못하고 거친 숨을 몰아쉬었다.

"손님. 죄송합니다. 뭔가 트러블이…."

미처 상황을 파악하지 못한 직원이 허리를 숙였다.

"됐어요! 가지고 온 거나 주세요!"

엄마가 직원의 손에서 생활복 상의를 낚아챘다. 그러곤 내 손을 거칠게 잡아끌었다.

"가자. 여기 더 있기 싫어."

가게 안 사람들이 전부 나와 엄마를 보고 있는 것만 같았다. "어휴. 저 나이 먹고 학생들 있는 곳에서 갑질을 하네." "나잇값도 못 하네, 진짜." 수군거림이 내 등에 날아와 푹푹 박혔다. 나는 엄마의 손에 이끌려 가게를 나왔다.

'오늘은 내 교복 맞추는 날이잖아. 내가 주인공인 날인데 다 망쳤어.'

엄마는 내 손을 움켜쥔 채 차에 올라탔다. 나는 차에 타자마자 엄마의 손을 뿌리쳤다. 엄마가 큼, 헛기침을 했다.

"외식하고 들어가자. 맛있는 거 뭐 먹을까?"

붉게 달아올랐던 엄마의 얼굴은 언제 그랬냐는 듯이 멀쩡했다. 흡사 끓어올랐다가 가라앉은 활화산 같았다.

화산이 되어버린 엄마.

그건 내가 동경하던 엄마가 아니었다.

*

식탁에 흐른 주스를 닦는 엄마의 손놀림은 부드러웠다.

"엄마가 소리 질러서 미안해. 요리 열심히 하는 거 몰라주는 것 같아서 속상해서 그랬어."

차분하게 소리를 지른 이유를 설명하는 엄마는 내가 좋아하던 엄마였다. 내가 빤히 바라보자, 엄마가 피식 웃었다.

"왜 그렇게 봐?"

"엄마 오늘 기분 좋아 보여."

엄마가 컵 하나를 더 가져와서 주스를 따른 뒤 내 맞은편에 앉았다.

"엄마가 그동안 화를 좀 많이 냈지? 어떤 사람이 그러더라. 화를 낸 게 후회가 되면, 내고 싶던 화가 아니래. 그러니 바로 사과를 하는 게 좋다고. 그 말 들으니까 아차 싶었어."

"되게 좋은 말이다. 누군지 몰라도 좋은 사람이네."

"그렇지?"

엄마는 미소를 지으며 주스를 마셨다. 엄마와 마주 앉아 주스를 마시고 있자니, 산산조각 났던 믿음이 한 조각 이어 붙여지는 듯했다.

"생선 냄새 많이 싫었어?"

"아니, 그게… 안 좋은 일이 있어서 좀 예민했어."

"안 좋은 일? 뭔데?"

이거야말로 내가 바랐던 엄마와의 시간이다. 나는 신이 나서 사라진 별에 대해 말했다. 엄마가 별스타 리그의 투표 시스템을 이해하지 못할까 봐 휴대전화를 가져와 앱을 열어 보이며 설명했다. 내가 말을 하는 동안 엄마는 응, 음, 맞장구 같기도 하고 신음 소리 같기도 한 소리만 냈다.

"그래서 문의 이메일 보내려고. 아무리 생각해도 이한한 팬 중에 누군가 내 아이디 훔쳐 간 게 분명해. 이한한이 4위였는데 하루 만에 3위로 치고 올라온 거 보면 뻔해."

"에이. 이런 투표에 무슨 해킹이니. 해킹이 얼마나 어려운 건데. 그리고 이한한, 그 가수 인성 엄청 바르던데. 그런 가수 팬들이 부정투표를 하겠어?"

"엄만 뭘 몰라."

엄마가 내게 눈을 흘겼다.

"모르긴. 엄마도 다 알아. 텔레비전에 얼마나 많이 나온다고. 이한한 팬들이 앨범 판매량만큼 보육원에 쌀 기부했대. 팬들이 모여서 봉사 활동도 가고. 이한한 이름을 붙인 숲도 조성한다더라."

"그런 거 규모 있는 팬덤이면 다 하는 거야. 그런 걸 이한한 팬덤만 하는 거처럼 기사 내는 것도 이상해. 팬들 대부분이 성인이니깐 기자들한테 제보 엄청 하는 거지. 언플하려고."

"언플은 무슨….".

"이한한 팬들이 얼마나 매너가 없다고. 진짜 규칙이란 규칙은 다 어겨. 병렬 앱 사용해서 투표하고, 공기계 대여섯 대씩 사용해서 스밍해서 음원 사이트 순위 독점하고. 이전에는 유튜브에서 음악방송 라이브로 송출하는데 다른 가수 나올 때에도 이한한 이름으로 채팅창 도배했어. 완전 생태계 교란범에 무매너 팬덤이야. 그런 팬 가진 이한한도 뻔하지, 뭐."

"그만!"

엄마가 탁 소리 나게 컵을 내려놨다. 앱을 들여다보며 이야기에 열중했던 나는, 그제야 엄마를 봤다. 엄마의 얼굴이 빨갛게 변해 있었다.

"엄마…?"

"내가 그랬어."

"뭐?"

"그 별, 내가 이한한에게 줬다고!"

이게 무슨 소리인가 싶었다. 엄마가 별을 줬다고? 이한한에게?

"아이디 하나 더 만들려고 수리 네 휴대전화 번호로 가입하려고 했더니 이미 가입된 번호라고 뜨더라. 수리 너 어릴 때부터 아이디랑 비번, 고집스럽게 하나만 쓰잖아? 지금도 그러나 싶어서 아이디 넣어봤더니 로그인이 되더라. 별 많이 있기에 안 쓰는 건가 싶어서 엄마가 좀 쓴 거야. 그걸 가지고 어떻게 이한한을 욕할 수가 있어?"

랩이라도 하듯 빠르게 쏟아 내는 엄마의 말이 연이어 내 머리를 강타했다. 그러니깐 지금, 엄마 말인즉슨….

"엄마가 이한한의 팬이라고?"

이건 아니다. 진짜.

02. 덕밍아웃과 영비걸

"수리 너희 엄마도 드디어 이한한의 덫에 빠지셨구나."

은진이 과자 봉지를 양손으로 꾹 눌렀다. 질소로 빵빵하게 부풀어 올랐던 과자 봉지가 퍽 소리를 내며 터졌다. 반사적으로 어깨를 움츠렸다. 작은 풍선이 터지는 듯한 소리는 쉬는 시간의 소란스러움에 묻혀 금세 사라졌다.

"그렇게 뜯지 말라니깐."

내 타박에, 은진이 장난스럽게 웃었다. 이은진. 고등학생이 되고 사귄 첫 친구이자 유일한 아이돌 덕질 동료다. 비록 좋아하는 그룹은 다르지만 말이다. 은진이 좋아하는 그룹은 '챔프'다. 데뷔한 지 3년이 되어가는 그룹으로, 남자 아이돌 그룹 중에서는 다섯 손가락에 들 만큼 인기가 많다. 연말 시상식에 이름이 불리는 게 당연하다고 여겨지는 그룹. 데뷔한 지 반년도 되지 않은 비보와 비교하면 까마득한 선배다. 선배인 건 챔프뿐만이 아니다. 초등학교 때부터 온갖 아이돌 그룹을 좋아하며 덕질을 계속해 온 은진과 처음으로 아이돌을 좋아하게 된 나. 덕질에 있어서도 은진은 내게 선배다. 은진은 내게 스밍하는 법, 공방 신청하는 법 등을 가르쳐 주었다. 은진의 좋은 점은, 같은 그룹의 팬이었으면 좋았을 텐데 하고 아쉬워하면서도 내게 '챔프'를 좋아하라고 강요하지 않는다는 거다.

"우리 할머니는 진즉에 이한한에게 폴인럽 상태야. 경연 프로그램도 실시간으로 다 봤어. 할머니가 하도 투표하는 거 도와달라고 해서 참가자들 이름도 다 외웠어. 야, 우리 할머니랑 너희 엄마랑 정모하면 재밌겠다."

"아서라. 교복 가게 2차전 될 일 있어?"

은진과 내가 친해진 계기. 그건 바로 엄마가 활화산이 되었던 그날의 만남이다. 교복 가게에서 엄마와 말싸움을 벌였던 할머니가 은진의 할머니였다. 무선 이어폰을 끼고 강 건너 불구경하듯 서 있던 아이가, 입학 첫날 같은 교실에 앉아 있는 걸 봤을 때의 놀라움이란. 그뿐이었다면 나와 은진은 살짝 어색한 반 친구 정도가 되었을 거다. 하지만 나와 은진에게는 아이돌이란 공통분모가 있었다. 반 애들 중 아무도 이번 주의 뮤직뱅크 1위가 누구인지 관심 없어 하는 와중에, 스밍만 했어도 챔프가 1위를 했을 거라는 수다를 떨 수 있는 상대? 귀하다. 아무도 비보를 모르는데 공책에 붙인 비보의 스티커를 보고 팬이냐고 넌지시 말 걸어주는 상대? 영혼의 단짝갬이다. 그렇게 나와 은진은 덕질로 묶인 절친이 되었다.

"왜 하필 이한한이냐고. 요즘은 5, 60대도 아이돌 좋아하는 사람 많다던데."

"대세잖아. 우리 할머니 친구들도 다 이한한 팬이야. 완전 광풍. 이한한 팬클럽 숫자 4, 5만 명쯤 된다더라. 아이돌 중에도 그만한 규모의 팬클럽 별로 없어. 오죽하면 타이틀이 어르신들의 아이돌…."

불쑥, 과자 봉지 안으로 파고든 손이 은진의 말허리를 잘랐다.

"아이돌? 한수리, 이은진. 너넨 뭐 그런 한심한 이야기를 하냐?"

최재한이었다. 나는 재빨리 입가에 묻은 과자 부스러기를 닦았다. 까불이 최재한은 내가 살짝 관심을 가지고 있는 남자애다. 어디까지나 살짝이다. 그래서 아직 은진에게도 내 마음을 털어놓지 않았다.

"야, 최재한. 넌 왜 남의 이야기를 엿들어? 멋대로 과자 먹지 마!"

은진이 재한의 손등을 찰싹 때렸다. 재한은 약 올리듯 손에 쥔 과자를 은진의 눈앞에 흔들어 보였다.

"엿듣긴 누가 엿들어? 들린 거지."

"그게 엿들은 거야. 그리고 한심하다니, 뭐가 한심해?"

"아이돌 이야기는 솔직히 한심하지. 그런 건 중학교 때 졸업해야지."

재한의 말에 울컥 화가 났지만 무어라 반격해야 좋을지 알 수가 없었다. 숫기도, 말재주도 없는 스스로가 한심하게 느껴졌다. 반격에 나선 건 은진이었다.

"아이돌이 어때서?"

"곡 하나도 못 만들면서 꼭두각시처럼 적당히 춤춰서 돈 버는 게 한심하잖아. 아이돌 좋아하는 빠순이들이 음악이 뭔지나 알겠어?"

"언제 적 발상이야. 요즘은 작사, 작곡 직접 하는 아이돌도 많아."

"그거 다 소속사에서 써주고 걔들이 쓴 척하는 거야."

"웃기네. 웬 음모론. 그러는 넌 얼마나 대단한 아티스트 좋아하는데?"

은진과 재한이 말다툼을 이어가는 동안, 나는 펼친 적도 없는 재한에 대한 마음을 꾸깃꾸깃 구겼다. 저런 말을 하는 애인 줄 몰랐다.

내가 최재한에게 관심을 가졌던 건, 학기 초의 일 때문이었다. 새 학기가 시작되고 채 한 달이 지나지 않았을 때였다. 반짝 꽃샘추위가 찾아온 주에 학교 급식실이 문을 닫았다. 조리사분들이 근무 조건 개선을 요구하며 파업을 시작해서였다. 며칠간은 학교에서 빵과 우유가 점심으로 나왔고, 며칠이 지나자 가능한 한 집에서 도시락을 챙겨달라는 공지문이 떴다. 돈을 모아서 도시락을 주문한다고 했다가, 외부 음식은 반입하면 안 된다고 취소되기도 했다. 그야말로 우왕좌왕이었다. 몇몇 애들이 불평을 했다. "급식실 아줌마들, 별로 하는 일도 없으면서 왜 파업을 해?" "그러니깐. 괜히 우리만 불편하잖아. 학교 적응하기도 힘든데." 나는 그 애들에게, 엄마에게 들은 이야기를 해주고 싶었다. 엄마와 통화하면서 급식이 나오지 않아 불편하다고 하자, 엄마는 파업이 왜 일어났는지에 대해 설명해 주었다. 조리사 한 명이 150명 남짓 아이들의 급식을 책임져야 하고, 결원이 생겨도 대체 인력이 충원되지 않아서 아파도 쉬지 못한다는 이야기였다. 하지만 새로운 반에 채 적응하기도 전에 유별난 아이라는 낙인이 찍히면 어쩌나 싶어 도저히 입이 떨어지지 않았다. 그때였다. "야. 그분들이 하는 일이 왜 없어? 급식실 문 닫으니깐 불편한 게 그분들이 일 엄청 하고 있단 증거야. 유튜브에서 봤는데 조리실 진짜 덥고 일하기 힘들대." 최재한의 말에 아이들은 입을 다물었다. 내가 하고 싶던 말을 대신 해준 최재한이 멋있어 보였다. 그때부터 재한에게 조금씩 호감이 쌓였다. 다른 애들이 깝죽거린다고 질색하는 재한의 성격마저 쾌활하고 좋아 보였다. 한 톨 한 톨 쌓이던 호감이 드디어 마음이 될 만큼 모였다 싶었는데, 저런 편견을 가진 아이였다니. 나는 구겨진 마음을 쓰레기통에 던져 넣었다.

"나? 난 당연히 힙합이지. 래퍼들의 래퍼, 씨엔!"

재한은 한 손을 정신없이 흔들며 랩하는 시늉을 했다.

"YO. 빠순이. 과자 하나 주면 안 잡아먹지."

"하지 마. 기분 나빠."

"YO. YO. 장난인데 뭐가 기분 나빠. YO. 예민한 게 혹시?"

재한은 더욱 요란하게 손을 흔들었다. 남자애들 몇몇이 키득키득 웃었다.

"하지 말랬지. 야, 이거 가지고 저리 가. 너."

은진이 재한에게 과자 봉지를 던졌다. 재한은 과자 봉지를 받아 들고는 낄낄거리며 남자애들 사이로 사라졌다.

"진짜 싫다. 그치."

"응."

은진에게 내 마음을 털어놓지 않은 게 다행이었다. 저런 애를 좋아했었다는 사실을 들키면…. 상상만으로 몸서리가 쳐졌다.

수업이 시작되었다. 하지만 재한이 말했던 빠순이란 단어가 자꾸 떠올라서 수업에 집중을 할 수가 없었다.

빠순이. 연예인이나 운동선수를 열성적으로 따라다니는 사람을 일컫는 속어다. 다른 말로는 열성 팬이 되겠지만, 나에게 '빠순이'는 팬이라기보다는 좀 더 무법자 같은 이미지다. 연예인이 출국을 할 때면 공항 안전선도 무시하고 마구 달려드는 사람들. 연예인을 보겠다고 골목에 텐트를 치고 민폐를 끼치는 사람들. 나는 비보의 팬이지만 그런 행동을 한 적이 없다. 그런데 왜 아이돌을 좋아한다는 것만으로 그렇게 불려야 하는 건지, 분했다. 재한의 말에 따져 묻지 못해서 분했고, 비보의 팬은 그런 행동을 하지 않는다고 말하지 못해서 분했다. 분함은 쉽게 가라앉지 않아서,

다음 쉬는 시간이 되자마자 휴대전화를 열었다.

'씨엔이라고 했지? 얼마나 대단한 아티스트인지 직접 확인해 주마.'

검색창에 재한이 좋아한다고 했던 래퍼의 이름을 쳤다. 노래 몇 곡과 기사가 떴다. 이어폰을 끼고 노래를 클릭했다. 한 구절이 끝나기도 전에 미간이 찌푸려졌다.

"뭘 그렇게 진지하게 들어?"

은진이 내게로 다가와 물었다. 나는 잠자코 은진에게 이어폰 한쪽을 내밀었다. 이어폰을 낀 은진의 미간에도 주름이 잡혔다.

"으, 이거 씨엔 노래지? 여전히 욕만 잔뜩이네."

"은진이 넌 들어본 적 있어? 힙합은 다 이래? 노래 가사 대부분이 다 욕이야."

"씨엔이 유독 그래. 얘, 챔프도 디스했었어. 그때 몇 곡 들었지."

은진은 이어폰을 거칠게 빼서 내게 돌려줬다.

"디스? 래퍼가 왜 아이돌을 디스해?"

"씨엔, 자기 유튜브 조회 수 올릴 수 있으면 뭐든 해. 그래서 래퍼 중에서도 실력 좋은 사람들은 씨엔 상대도 안 한다더라. 아이돌이고 래퍼고 팬 좀 많다고 하면 무작위로 디스하거든. 오죽하면 아이돌 팬들 사이에서 씨엔 언급 금지 규칙이 있을까."

"그런 일이 있었구나…."

내가 비보를 알게 된 건 올해 초, 새 학기가 시작될 무렵이었다. 그 전에는 연예인에게 관심을 가진 적이 없었기에 아이돌 판에서 유명한 이야기라도 모르는 게 잔뜩이었다.

"이런 사람이 왜 인기가 있는 거지?"

"베스트 래퍼라는 경연 프로그램에 나왔었거든. 심사위원한테 욕하고 2회 만에 하차했지만. 그런 모습이 반항적이라서 좋다고 팬 된 사람들이 좀 있나 봐. 최재한, 유튜브 추종자잖아. 걘 구독자 많은 계정 말은 무조건 믿더라."

나는 신경질적으로 음악 정지 버튼을 눌렀다.

"이런 노래가 예술이고 아이돌 노래는 예술이 아니면, 난 차라리 예술 아닌 쪽을 좋아할래."

내 말에 은진은 깔깔 웃었다.

"나도. 우리 반에 아이돌 좋아하는 애가 몇 명이라도 더 있으면 최재한도 그렇게 말 못 했을걸. 걔 다른 애들 눈치 은근히 많이 보잖아. 어떻게 반에 아이돌 좋아하는 사람이 딱 둘뿐일 수가 있냐고."

"우리 학교 애들, 공부하느라 바쁘잖아. 여기 인 서울 대학 진학률 엄청 높대. 학습 분위기 좋다고 일부러 이 학교 오려고 이사 오는 학부모도 있다고 들었어."

고등학교 배정을 받고 걱정했던 것 중 하나는 이거였다. 어쩌다 보니 배정받은 학교가 은근한 입시 명문일 줄이야. 그 때문인지 쉬는 시간에도 자리에 앉아 공부하는 아이들도 있다. 중학교 때에는 쉬는 시간에 책을 읽거나 하면 별종 취급을 받았는데, 갑자기 바뀐 분위기에 통 적응이 되지 않았다.

"우리 할머니는 신났어. 공부 잘하는 고등학교 들어갔으니깐 대학도 잘 갈 거라나. 수박 밭에 가져다 놓는다고 호박이 수박 될 리가 없잖아? 내가 그렇게 말해도 소용없더라. 할머니가 나한테 학원 다니라는 말을 다 하더라니깐."

"학원 한 번도 다닌 적 없어?"

"이전에 태권도 학원만 다녔어. 수리, 너는?"

"난 주말반만. 지금은 안 다녀."

그러자 은진이 내 어깨에 척, 팔을 올려 어깨동무를 했다.

"그럼 수리야. 나랑 같이 학원 다니자."

"공부에 관심 없다더니?"

"챔프 새 앨범 나오잖아. 이번에 앨범에 팬 미팅 응모권 들어 있단 말이야. 랜덤! 앨범 많이 살수록 당첨 확률 높아지는 거 알지? 근데 나 용돈 모은 거로는 많이 사봤자 세 장이야."

챔프는 팬 미팅 이후 바로 출국해서 월드 투어를 돈다고 했다. 고로 팬 미팅 이후, 한국 팬들이 챔프를 볼 수 있는 기회는 없는 거나 마찬가지라며 은진은 잠시간 소속사에 저주를 퍼부었다.

"그래서? 팬 미팅이랑 학원이 무슨 상관인데?"

내가 묻자 은진은 저주를 멈추고 배시시 웃었다.

"상가 학원가에서 두 명이 함께 오면 할인해 준다는 팸플릿 봤거든. 무려 50퍼센트! 할머니한테는 할인 이야기는 비밀."

한마디로 할인받은 학원비를 슬쩍하겠단 작전이었다.

"들키면 잔소리로 끝나지 않을 텐데."

"안 들켜. 우리 할머니, 스승의 그림자는 밟지도 않는다는 옛사람 마인드라 학원비도 꼭 흰 봉투에 현금 넣어서 주거든. 그러니깐 제발, 같이 다니자. 응?"

은진은 재차 나를 졸랐다. 나는 잠시 고민하다가 고개를 끄덕였다.

"엄마한테 물어볼게."

말하고 아차 싶었다. 그건 곧, 내가 먼저 엄마에게 말을 걸어야 한다는 뜻이다. 나와 엄마는 별 사건 이후 이틀째 냉전 중이었다. 그렇지만 언제까지고 엄마와 말을 하지 않고 지낼 수도 없다. 학원을 핑계로 엄마에게 먼저 화해의 손을 내미는 어른스러운 딸이 되리라 마음먹었다. 엄마가 사과를 하고, 앞으로는 이한한을 좋아하지 않겠다고 약속만 하면 냉전 종료, 화해를 하는 거다. 엄마라면 분명히 그렇게 해줄 거다. 엄마는 딸이 싫다는 일을 계속하겠다고 고집을 부리는 사람이 아니다. 가족이 우선이고 딸이 우선인 엄마. 아무리 일이 많아도 주말에는 반드시 집에 왔던 엄마. 나를 보는 게 삶의 낙이라고 말했던 엄마.

그게 내가 아는 엄마다.

*

이한한과 눈이 마주쳤다.

집 안으로 들어서자마자 신발장에 붙은 커다란 이한한의 브로마이드가 나를 반겼다.

"이게 뭐야?"

아침에 집을 나설 때만 해도 신발장에 이런 건 붙어 있지 않았다. 내 키만 한 브로마이드 속, 환하게 웃는 이한한을 노려보며 신발을 벗어 던졌다.

"엄마! 저게 뭐야?"

브로마이드를 붙일 사람은 엄마뿐이다. 신경질을 내며 거실로 뛰어 들어간 순간, 눈앞에 펼쳐진 광경에 눈이 휘둥그레졌다. 소파에는 이한한의 얼굴이 프린팅된 쿠션이 놓여 있었고, 가족사진이 놓인 진열장에도 이한한의 사진이 잔뜩 있었다. 벽에는 이한한의 사진이 인쇄된 달력과 '이한한 나의 별'이라고 쓰인 슬로건이 걸려 있었다. 엄마는 진열대 앞에 앉아 노래를 흥얼거리며 상자에서 무언가를 꺼내 정리하고 있었다. 사방이 이한한 굿즈로 점령된 채, 경쾌한 트로트가 울려 퍼지는 거실은 우리 집 같지 않았다. 고작 반나절 만에 낯설어진 거실을 넋을 놓고 둘러보다 퍼뜩 정신을 차렸다.

"엄마! 이게 다 뭐야?"

"왔어? 뭐긴. 인테리어 좀 했지. 봐, 이거 귀엽지?"

엄마는 태연하게 뒤돌아보며, 내게 손에 든 것을 내보였다. 손뜨개로 만든 인형은 '이한한'이라고 수놓은 옷을 입고 있었다.

"이거 여기에 전시하려고."

"그걸 왜 거실에 놔? 엄마. 이게 다 뭐야. 왜 이래?"

나는 질색하며 엄마의 손에서 인형을 빼앗으려 했다. 하지만 엄마는 날쌔게 내 손을 피하더니 인형을 품에 안았다.

"왜 이러긴. 엄마 지금 덕밍아웃하는 거야."

덕밍아웃. 내가 누구의 팬인지, 어떤 작품을 좋아하는지 주변에 알리는 행위다. 덕밍아웃을 해도 될지는 아이돌 팬들 사이에서는 고전적인 고민이다. 특히 학기 초에 고민 글이 많이 올라온다. 나처럼 주변에 아이돌 팬이 없거나, 혹은 반 애들은 다른 아이돌을 좋아하는데 혼자 비보를 좋아한다거나 하는 경우가 대부분이다. 후자는 특히 더 위험하다. 다른 그룹을 좋아하는 것만으로도 은근한 따돌림의 대상이 될 수 있다. 아이돌만이 아니라 모든 게 그렇다. 누군가를 사랑하는 다수는 때론 그렇지 않은 소수를 배척한다.

"덕밍아웃?"

"그래. 엄마는 이한한 팬이야. 앞으론 숨기지 않고 떳떳하게 덕질할 거니 그렇게 알아. 수리 너도 엄마한테 이한한 험담하지 마."

농담이라 여기기엔 엄마의 표정이 너무나 진지했다.

"엄마! 왜 그래, 대체?"

나는 버럭 소리를 질렀다.

"엄마가 무슨 덕질이야? 엄마, 나랑 시간 보내려고 일 관뒀다며. 이게 나랑 시간 보내는 거야? 난 이한한 싫어. 싫다고!"

"내가 덕질하는 게 뭐 어때서!"

하지만 내 목소리는 엄마의 쩌렁쩌렁한 외침에 파묻혀 버렸다. 엄마가 자리에서 벌떡 일어나 서서 나를 노려봤다. 엄마의 얼굴이 삶은 비엔나소시지처럼 붉게 변했다.

"그게 뭐 어때서!"

"그, 그야… 엄마는 엄마잖아."

"엄마는 누군가의 팬이면 안 돼?"

인형을 껴안은 엄마의 손이 파르르 떨렸다. 나도 엄마를 노려봤다. 눈을 깜빡였다가는 눈물이 날 거 같아서 눈가에 있는 대로 힘을 줬다. 나와 엄마의 눈싸움을 끝낸 건, 뚝 끊긴 음악 소리였다. 엄마는 언제 화를 냈냐는 듯이 뒤돌아서서 휴대전화를 집어 들었다. 다시 트로트가 울려 퍼졌다. 나는 엄마의 등을 노려보다가 방으로 들어가 쾅 소리 나게 방문을 닫았다. 방문이 닫히는 소리에 엄마가 따라 들어오진 않을까, 침대에 누워 방문을 응시했지만 방문은 꼼짝도 하지 않았다.

'진짜 말도 안 돼. 엄마가 덕질이라니.'

나는 휴대전화를 꺼내 들었다. 어디든 마음을 털어놓고 싶었다. 그렇다고 은진에게 전화를 걸었다가는 꾹 눌러놓은 울음이 터질 것만 같아서, SNS에 로그인했다. 비보의 팬이 되었을 때 덕질 전용으로 만든 것이다. 공식 계정에 올라온 공지를 리트윗하거나 다른 팬의 게시글에 하트를 누르는 용도로 사용할 뿐, 사담을 쓴 적은 없다. 팔로잉은 100명이 넘어가지만 팔로워는 0명인 그야말로 변두리 팬 계정이다.

팬 계정 중에는 이른바 '네임드'라고 불리는 계정이 있다. 팔로워가 적게는 몇천, 많게는 몇만 명이 넘어가는 계정이다. 비보가 보고 싶다는 글 하나만 올려도 100여 개의 하트가 찍히는 사람들. 그 인기가 부럽긴 하지만, 팔로워가 많다는 건 트러블에 휩쓸릴 가능성도 높다는 뜻이다. 얼마 전에도 팔로워가 5,000명이 넘어가던 네임드 계정이 편애 논란에 휩싸여서 사과문을 올렸다. 비보의 단체 사진을 올렸는데, 하필이면 막내가 빠진 사진을 올렸다는 게 이유였다. 그런 사건을 볼 때마다 변방의 팬 계정으로 말썽 없이 지내는 게 최고지 싶었다.

하지만 그 순간만큼은 아니었다.

: 이한한 진짜 싫어. 아이돌 별스타 리그 3위도 부정투표로 차지한 게 뻔해. 왜 트로트 가수가 아이돌 리그에 끼어드냐고!

이한한의 험담을 쓴 글을 올리면서, 이번만은 수많은 사람들이 공감해 주길 바랐다. 엄마는 누군가의 팬이면 안 돼? 엄마의 그 말이 자꾸 떠올라서 가슴이 답답했다. 부들부들 떨리던 엄마의 손 때문인지, 내가 나쁜 아이가 된 듯한 죄책감도 들었다. 영문 모를 답답함과 죄책감. 그 모든 걸 덮어줄 공감이 필요했다. 나쁜 건 내가 아니라고, 이한한이라고 말해줄 하트들. 하지만 팔로워 0명인 계정에 그런 일이 생길 리가 없었다. 글을 올리고 한참이 지

나도록 하트 하나도 찍히지 않았다. 나는 옆으로 가로누워 다른 사람이 올린 글을 봤다. 휴대전화 액정을 터치하며 스크롤을 내리고 또 내리며 기계적으로 '좋아요'를 눌렀다.

'아. 영 비스킷 걸도 이한한에 대한 글 올렸네.'

영 비스킷 걸, '영비걸'은 비보의 네임드 중 한 명이다. 팔로워 1만 명. 챔프처럼 인기 그룹이야 1만 명 팔로워는 준네임드로 친다지만, 비보 같은 신입 그룹의 팬 계정이 1만 명을 넘기는 건 쉬운 일이 아니다. 비보의 데뷔 싱글앨범 판매량은 3만 장이었다.

영 비스킷 걸은 비보가 별스타 리그에서 4위를 한 건 부정투표 때문이라고 주장하면서 후보 가수들의 투표수 증가율을 시간별로 정리한 그래프를 올렸다. 그래프를 보니 이한한의 투표수는 새벽 2, 3시경에 가파르게 치솟았다. 누가 봐도 비정상이다 싶은 수치였다. 영 비스킷 걸이 팔로워가 많은 이유 중 하나는 이렇게 팬들의 가려운 곳을 시원하게 긁어주기 때문이다. 게다가 그래프 등 분석 자료도 첨부해서 믿음이 간다. 아마 영비걸은 언론사나 통계 쪽 회사에 근무하는 어른이 아닐까. 그런 상상을 하면서 영비스킷 걸의 게시물에 '좋아요'를 꾹 눌렀다. 그러곤 옆으로 돌아누워 웹툰을 읽었다.

디링. 알람이 울렸다.

웹툰 한 편을 다 읽어갈 때였다. 누군가 내 글에 '좋아요'를 누른 거였다. 누굴까 싶어 SNS 앱을 켜는데, 알람 소리가 쏟아졌다. 디링, 디링, 디링, 디링…. 정신없이 울리는 알람에 휴대전화 액정을 누르는 손가락 끝이 떨렸다.

"영비걸이 내 글을 리트윗했잖아?"

이한한에 대한 불만을 적은 글에 영 비스킷 걸이 '좋아요'를 누르고 리트윗까지 했다. 그 때문인지 한 명도 없던 팔로워 수가 어느새 두 자리가 되어 있었다. 그중에는 영 비스킷 걸도 있었다.

'네임드가 나를 팔로우하다니!'

처음 받아보는 관심은 잠시간 모든 걸 잊게 할 만큼 달콤했다.

03. 최애 동지가 생겼다

 학원에 다니기로 했다. 월요일부터 금요일, 오후 5시부터 8시까지로 운영되는 종합반이다. 은진의 부탁에 홀라당 넘어갔기 때문만은 아니다. 학원에 다니면 집에 있을 시간이 줄어들 거라는 이유도 컸다. 이한한의 사진이 도배된 거실도 싫고, 트로트만 듣는 엄마도 싫고, 화가 풀리지 않았다는 걸 내보이려고 방문을 쾅쾅 닫는 것도 지긋지긋했다. 제일 싫은 건, 아무리 내가 화난 티를 내도 엄마는 신경 쓰지 않는다는 거다. 엄마는 아빠에게도 이한한의 팬이 되었노라 선언을 하더니, 주방까지도 이한한의 사진으로 도배를 했다. 내가 학원에 다니겠다고 했을 때에도 무엇도 묻지 않았다. 어느 학원에 다닐 건지, 무슨 수업을 들은 건지, 학원비는 얼마인지 등 그 무엇도!
 '엄마도 화났다 이거지? 그런 식으로 티 내는 거 유치해. 엄만

어른이잖아.'

학원증을 움켜쥔 손에 힘이 들어갔다.

"종합반은 총 3시간 수업인데 1시간 10분 수업하고 20분 휴식한 뒤에 1시간 반 수업 이어가고 있어요. 풀로 수업하기엔 저녁 못 먹고 온 친구들도 있거든요."

상담 선생님의 말이 귓불을 타고 흘러내렸다. 건성으로 대답을 하고 상담 선생님이 알려준 강의실로 향했다. 강의실 문을 열고 들어가자 순간 뺨에 따끔한 시선이 느껴졌다.

'이래서 종합반은 썩 내키지 않았던 건데.'

나는 출입문과 가까운 강의실 뒤쪽 책상에 가방을 내려놨다.

'은진이 함께라서 그나마 다행이야.'

새로운 장소는 언제나 힘들다. 낯선 공기와 이미 그 공기를 자신들의 옷처럼 두르고 있는 아이들의 시선. 쭈뼛거리는 모습을 들키지 않으려고 담담한 척하거나 과장되게 밝은 척해야 하는 그 모든 과정은 설렘보다는 두려움이었다. 주말반은 그나마 일주일에 한 번 나가는 거라 괜찮았지만 종합반은 일주일에 닷새를 나가야 한다. 학교나 다름없다. 이 공기에 빨리 녹아들지 않으면 일주일에 다섯 번은 나를 밀어내는 듯한 분위기를 견뎌야 한다. 상상만으로 피곤했다.

"어째 아는 얼굴이 한 명도 없네."

은진이 내 옆자리에 가방을 내려놓으며 속삭일 때였다.

"여기 자리 있어."

서너 명의 아이들이 나와 은진에게로 다가왔다. 나는 한 손으로 의자를 잡은 채 엉거주춤 서서 그들을 봤다. 무시하고 의자에 앉을 것인가, 아니면 미소를 지으며 자리를 양보할 것인가. 쿨한 아싸가 되느냐 텃세에 굴복한 찐따가 되느냐의 갈림길이었다.

"진짜? 가방도 없는데? 이 학원 지정 좌석제야?"

은진이 묻자 그들은 잠시 서로 눈빛을 교환했다. 은진은 이미 자리에 앉아 가방을 열고 있었다.

"학원에서 정해준 건 아니지만 자리 주인은 있어."

"그럼 가방이라도 올려놔야지. 연필 한 자루도 놓여 있지 않잖아. 동네 목욕탕도 자리 잡을 때 바가지라도 놓는 법이야. 수리야, 뭐 해. 앉아."

"어? 응."

은진이 내 팔을 잡아당겼다. 나는 말끝을 흐리며 의자에 앉았다. 자리에 앉은 나와 은진, 그리고 그 앞에서 버티고 선 아이들. 그 사이에 팽팽한 긴장이 부풀어 올랐다. 왁자지껄하던 강의실의 소음이 한 톤 잦아들었다. 부풀어 오른 긴장이 언제 터질지 귀를 쫑긋 세우고 있는 것이다.

"짠. 학원 도착. 다들 바이 바이!"

경쾌한 목소리가 긴장을 누그러뜨렸다. 영상 통화라도 하는지, 휴대전화 액정을 향해 손을 흔들며 강의실에 들어온 여자애는 예뻤다. 어깨까지 내려오는 생머리에 연주황색으로 반짝이는 입술. 명품 로고가 새겨진 가방. 여자애는 곧 나와 은진이 앉은 자리로 다가왔다.

"나영아, 왔어?"

"얘네, 오늘 학원 등록했다는데 웃겨. 네 자리 차지하고 앉은 거 봐."

대치하고 서 있던 아이들이 앞다투어 여자애, 나영에게 말을 걸었다. 나영은 나와 은진을 힐끔 보더니 생긋 웃었다.

"앉고 싶은 자리에 앉은 건데, 뭐."

나영은 내 앞자리에 가방을 놓더니, 나와 은진을 향해 몸을 돌려 앉았다.

"너희는 어느 학교야? 난 천재고."

"우린 인현고."

"진짜? 이 학원에 인현고 애들은 거의 없는데. 인현 애들, 종합반은 거의 다 K학원에서 들어. 나 인현에도 친구 많아서 알지. 여기 학원은 거의 다 천재고야."

서 있던 애들 중 한 명이 툭 나영의 어깨를 쳤다.

"야, 박나영. 네가 여기 앉으면 난?"

나영의 얼굴에서 미소가 싹 사라졌다. 나영은 한 손으로 턱을 괴고 앉아 손가락으로 책상을 톡톡 두드리며 눈을 치켜떴다.

"그건 네가 알아서 해야지. 그러니깐 내가 자리 똑바로 맡아놓으랬지?"

"아니, 그게…."

나영의 어깨를 쳤던 아이가 고개를 숙였다.

"아님 뭐? 내가 옮길까?"

"아냐! 내가 다른 자리 앉을게."

고개를 숙였던 아이가 다급히 말하곤 강의실 앞쪽 자리에 가 앉았다. 나영은 몸을 돌려 앞을 보고 앉았고, 나와 은진을 둘러싸고 서 있던 아이들은 나영과 수다를 떨었다. 강의실 앞쪽에 가 앉은 아이 주변으로 서너 명의 아이들이 다가갔다. "쟤네 뭐야. 자기들이 비키면 끝날 일 가지고." "개강한 지 두 달이나 지났는데 자리 정해진 게 당연하지." "내 말이. 학원 처음 다니나." 들으란 듯 목소리를 키운 말들이 나와 은진을 콕콕 찔렀다. 은진이 목소리를 낮춰 소곤거렸다.

"텃세 엄청나네. 나영이랬나? 쟤 완전 고단수다. 우리한테 괜찮다고 하곤 자기 친구한테 책임 돌리는 거 봐. 우리만 나쁜 사람 됐어."

"그냥 자리 비켜줄걸."

"뭐 하러? 아까 쟤 말하는 거 들었잖아. 여기 다 천재고라고. 다 자기 편이라고 으스댄 거야. 자리까지 양보했으면 우리 완전 우습게 보였을걸."

"K학원 갈 걸 그랬나 봐…."

"학교마다 선호하는 학원이 다른지 몰랐지. 근데 나, 쟤 어디서 본 것 같은데."

은진이 손가락으로 슬쩍 앞자리에 앉은 나영을 가리켰다. "분명히 봤는데"라고 중얼거리던 은진이 서둘러 휴대전화를 꺼냈다.

"맞네. 얘다, 얘. 챔프 영상에서 본 기억이 있어."

은진이 자신의 휴대전화를 보여주었다. 쇼츠 영상 속에서 나영이 화장을 하고 있었다. 화장하는 모습을 빠른 배속으로 돌린 영상 아래 수많은 댓글이 달려 있었다.

"Go나Young. 팔로워 1만. 이거 대단한 거 아냐?"

나도 모르게 목소리가 커졌다. 나영이 힐끔 뒤를 돌아보았다. 얼결에 시선이 마주치자 나영은 새침하게 눈을 흘기고는 다시 고개를 돌렸다. 나와 은진은 더욱 바짝 붙어 앉았다.

"대단하긴 무슨. 쟤 완전 그거네. 인플루언서 일진."

"인플루언서 일진? 그게 뭔데?"

"SNS 팔로워 많다고 주변 애들 다 자기 시녀로 부리는 애들. 아이돌 팬 계정 중에도 있잖아. 네임드끼리 똘똘 뭉쳐서 다른 의견 가진 팬 계정 사이버불링하는 애들. 으, 딱 질색이야."

은진이 아랫입술을 삐죽이 내밀었다. 선생님이 강의실에 들어오고, 곧 수업이 시작되었다. 학원에서 받은 문제집을 펴고 들여다봤지만 강의가 도통 귀에 들어오지 않았다. 나는 문제집 구석에 속마음을 끄적거렸다.

[아무래도 우리 쟤한테 찍힌 것 같아.]

눈을 흘기던 나영의 표정이 마음에 걸렸다.

[뭐 어때. 여기가 학교도 아니고. 정 불편하면 나중에 학원 옮기면 되지.]

애써 담담한 척하려 해도 자꾸만 시선이 나영의 등으로 향했다. 은진이 그런 내 행동을 눈치채면 소심하다고 놀릴 게 뻔해서, 더욱 앞을 보려 했지만 자꾸만 몸과 마음이 따로 놀았다.

수업이 끝나고 쉬는 시간이 되자마자, 나는 책상 위에 쓰러지듯 엎어졌다. 눈치 준 사람도 없는데 나 혼자 눈치를 보느라 기가 쪽 빨렸다.

"얘들아. 빨리빨리. 우리 릴스 찍어야지!"

나영이 용수철 튕겨 나가듯 일어나 강의실 뒤로 달려나갔다. 덜컹이며 뒤로 밀린 나영의 의자가 내 책상에 부딪혔다. 책상의 흔들림이 이마를 통해 전해져, 인상을 쓰며 몸을 일으켜 앉는데 귀에 익은 노래가 들렸다. 일주일 전에 나온 비보의 따끈따끈한 신곡이었다. 그것도 이어폰에서 새어 나온 수준이 아니라, 강의실 전체에 울리도록 쩌렁쩌렁한 음량으로 재생되었다. 반가운 마음에 노래가 재생되는 곳을 찾아 주변을 살폈다.

"라인 맞춰, 라인."

"시간 없으니깐 틀리면 안 돼."

노래의 출처는 강의실 뒤에 놓인 휴대전화였다. 나영과 몇몇 애들이 강의실 뒤에 모여서, 비보의 신곡에 맞춰 댄스 챌린지를 찍고 있었다. 비보의 춤을 추는 나영이 정말 즐거워 보였다.

"챌린지 참여자 적으면 우리 비보 오빠들 기 죽는단 말이야."

"맞아. 요즘은 챌린지 수가 곧 인기 척도잖아."

"걱정 마. 이것도 오늘 바로 편집해서 올릴 거야."

나영과 그 친구들은 챌린지를 마치고, 강의실 뒤에 모여서 찍은 영상을 보며 떠들었다. 혹시 비보의 팬인 걸까? 신경이 온통 나영의 무리에게로 쏠렸다.

비보의 팬이 된 후, 현실에서 비보를 좋아하는 사람을 만나본 적은 없다. SNS에서 팬끼리 오프라인 정모를 한다는 글을 본 적도 있지만, 모르는 사람과 만나는 게 겁이 나서 나갈 엄두가 나질 않았다. 그러면서도 마음 한구석에선 언젠가 비보의 덕질을 같이 할 친구가 생기길 꿈꿨다. 비보의 신곡이 얼마나 멋진지, 뮤직 비디오는 얼마나 근사한지, 멤버들이 들려준 합숙 에피소드가 얼마나 재미있는지 쉴 새 없이 떠들고 싶었다. 은진은 아이돌 덕질 동료지만 비보의 팬은 아니니깐 그런 수다를 떨 순 없었다. 은진이 내게 챔프의 멋짐을 떠들고, 내가 은진에게 비보의 멋짐을 떠들어 봤자 서로 반응 없는 방백이 될 뿐이다.

"영상 마지막에 멤버 멘트 하나 딱 넣어서 임팩트 있게 마무리하고 싶네. 누구 멘트 넣지…? 노래하고 어울리는 건 카롱인데."

나영의 혼잣말 같은 고민이 내 귓속으로 훅 빨려들어 왔다. 나영의 주변에 선 아이들은 각자 수다를 떠느라, 그 말을 듣지 못한 듯 아무도 대답하지 않았다. 비보의 노래 중 챌린지 파트가 내 머릿속에서 빠르게 재생되었다.

"오레오. 오레오지. 그 파트 다음이 오레오 랩으로 이어지니깐."

오레오는 비스킷 보이즈의 리더이자 내가 제일 좋아하는 멤버, 이른바 내 최애다. 리더지만 인기는 제일 없다. '한줌단'인 비보의 팬 사이에서도 더욱이 한줌단이 오레오의 팬인 셈이다. 나도 모르게 나영의 혼잣말에 답한 건, 팔로워가 많은 나영의 계정에 올라갈 동영상으로 오레오의 팬이 한 명이라도 더 늘기를 바라서였다.

"오레오?"

나영이 내 혼잣말을 들은 모양이었다. 휴대전화 액정에서 눈을 떼고, 고개를 들어 나를 바라보는 나영의 표정은 새침과는 거리가 멀었다. 나영이 쪼르르 달려와 내 앞에 섰다.

"혹시 너도 비보 팬이야?"

"어… 응. 팬 된 지 얼마 안 됐어."

"증거 보여줘. 팬클럽 가입 카드라든가."

나는 가방 안에 고이 넣어둔 포토 카드를 꺼냈다. 이번 싱글 앨범 특전으로 받은 오레오의 포토 카드는 내 보물 1호다. 멤버는 다섯 명, 포토 카드는 앨범 하나에 한 장 랜덤. 한 번에 최애의 포토 카드가 나오지 않으면 앨범을 몇 장이고 사야 하는 일도 생긴다. 아니면 SNS를 통해 다른 사람과 교환해야 하는데, 팔로워가 한 명도 없던 내겐 난이도 높은 미션이었다. 그래서 단번에 오레오의 포토 카드가 나왔을 때 정말 기뻤다. 앞으로 모든 일이 술술 잘 풀릴 거라는 신호인 것만 같았다.

"팬클럽 가입은 시기 놓쳐서 못 했어. 대신 이거."

"세상에. 오레오잖아! 나도 오레오가 최애야. 비보 팬이면 우리 친구지. 참, 너 이름이 뭐야? 우리 아까 인사도 제대로 못 했다, 그치? 난 박나영이야."

나영은 내 손을 덥석 잡고는 위아래로 흔들었다.

"난 한수리."

"진짜 반갑다. 여기, 내 친구들도 다 비보 팬이야. 이 강의실에서만큼은 비보가 1군 아이돌이야. 내가 미친 듯이 전파했거든."

강의실 뒤에 서 있던 나영의 친구들도 한두 명씩 다가와 내게 반갑게 말을 걸었다. 팽팽했던 긴장감은 어디론가 사라지고 들뜬 환영의 분위기가 흘러넘쳤다.

"비보 팬이었어? 그럼 너도 단톡 들어와."

"릴스 찍은 적 있어? 챌린지 같이 하자."

"와, 어떻게 비보 팬이 딱 우리 강의실에 오냐. 이건 운명이야."

비보의 팬이 이렇게나 많다니. 기분이 붕 떠올랐다. 게다가 나영은 분명 '우리'라고 했다. 그건 앞으로의 학원 생활이 순탄해질 것을 알리는 신호탄이었다.

"너는? 너도 비보 팬?"

나영이 은진에게 물었다. 그때까지 잠자코 휴대전화만 들여다보고 있던 은진이 마지못한 듯 나영을 올려다봤다. 망설이는 은진의 입가가 달싹거렸다. 그러다 무언가 결심한 듯, '一'자로 굳게 닫혔던 은진의 입술이 열렸다.

"아니. 난 챔프 팬이야."

"흐응. 그렇구나."

나영의 말꼬리 끝에 따라붙은 긴 비음에는 못마땅함이 섞여 있었다.

*

요란한 노랫소리가 잠에 취한 귓가를 파고들었다.
"미치겠다. 진짜…."
베개 아래로 얼굴을 파묻었다. 덕밍아웃을 하고 매일 아침, 엄마는 이한한의 노래를 기상 송마냥 틀어댔다. 나를 깨우기 위해서라면 분명 효과가 있었다. 듣기 싫어서 몸부림치는 사이에 잠이 달아났으니깐. 하지만 오늘은 일찍 일어날 필요가 없는 일요일이다. 은진과 도서관에 가기로 약속하긴 했지만, 약속 시간은 오전 11시다. 9시에 일어나야 할 이유가 없다. 평일에 참고 참았던 짜증이 치솟아 올랐다.
"엄마! 시끄러워. 노래 좀 꺼!"
나는 소리를 지르며 방문을 박차고 나갔다. 하지만 거실에 엄마는 없었다. 아빠 혼자 거실 소파에 앉아 발톱을 깎고 있을 뿐이었다. 노래는 탁자 위에 놓인 휴대전화에서 울려 퍼지고 있었다. 나는 휴대전화를 집어 들고 음악을 껐다.
"아빠. 엄마는?"
"약속 있다고 나갔어. 그 뭐야… 팬클럽 사람끼리 모인대. 아빠도 발톱 깎고 가게 나가야지."

아빠가 엄지발톱을 요리조리 살피며 대답했다.

"나갔다고? 휴대전화가 여기 있는데? 이거 아빠 거야?"

"아니. 그거 공기계야. 엄마가 그… 노래 계속 틀어놓는 거 뭐라고 하더라. 어쨌든 필요하다고 해서 하나 얻어 왔어. 아빠 친구 중에 김 씨 아저씨 있지? 그 아저씨 아들이 휴대전화 가게 하잖아."

맙소사. 아침마다 들리던 노래는 기상 송이 아니었다. 엄마는 스밍을 하고 있었던 거다. 그것도 공기계까지 마련해서!

스밍. 스트리밍의 줄임말이다. 음원 사이트에서 자기가 응원하는 가수의 노래를 플레이스트로 만들어서 계속해서 재생하는 행동을 칭하는 용어이기도 하다. 듣지 않아도, 무음으로라도 24시간 내내 스밍을 돌리는 건 팬의 의무다. 왜냐고? 그래야 응원하는 가수의 음원 성적이 좋아지고, 음원 성적이 좋아야 상을 하나라도 더 받고, 그래야 무대에서 가수를 볼 수 있는 기회가 늘어나니깐. 하지만 나 같은 학생이 하루 종일 스밍을 하는 건 불가능하다. 게다가 음원 사이트에서 실시간으로 노래를 들으면 데이터도 빨리 닳는다. 그래서 나도 집에서만 스밍을 하고 있었다.

'와. 치사해. 엄마만 공기계 얻어서 스밍을 한다고? 이한한 팬들이 공기계 대여섯 개씩 가지고 스밍 돌린다는 게 진짜구나. 이러니깐 이한한 노래가 차트 상위를 다 차지했지.'

이래서야 학생 팬이 많은 아이돌 그룹은 절대 이한한을 이길 수가 없다. 어쩐지 분했다. 휴대전화를 던지듯 탁자에 내려놓자,

아빠가 놀란 듯 발톱 깎던 손을 멈췄다.

"왜 그래? 엄마한테 뭐 급한 용무 있었어?"

"아빠는 아무렇지도 않아? 엄마가 다른 남자 사진을 저렇게 커다랗게 붙여놨는데."

"뭐야. 그거야? 우리 딸, 질투하는구나?"

아빠가 낄낄 웃었다.

"왜 내가 질투를 해! 아빠가 해야지!"

"아빠는 아무렇지도 않아. 저 가수 좋아해서 엄마가 행복하다 잖아. 그럼 됐지. 게다가 멋있기도 하고."

"멋있어? 이한한이?"

"아니. 엄마가. 아빠는 나이가 드니까 새로운 뭔가를 좋아하 거나 배우는 게 힘들어. 그런데 너희 엄마는 그렇지 않잖아. 멋있 지."

"노래 크게 트는 건?"

아빠가 "어이쿠"라며 짧은 탄성을 내뱉었다.

"미안. 그건 아빠가 그런 거야. 엄마는 소리 하나도 안 나게 해 놓는데, 내가 듣고 싶어서. 아빠 귀 안 좋잖아. 그래서 볼륨이 그 렇게 큰지 몰랐네."

이한한의 노래가 기상 송이 된 게 아빠의 작품이었다니. 앞으 론 그러지 않겠다는 약속을 받아내고 방으로 돌아왔다. 다시 침 대에 누웠지만 잠은 오지 않았다.

"멋있긴 뭐가 멋있어?"

자꾸 아빠의 말이 떠올라서 괜스레 침대에 누운 채 발버둥 쳤다. 디링. 휴대전화가 울렸다. 손을 뻗어 베개 옆에 둔 휴대전화를 집어 들었다.

: 우리 오늘 사진 찍으러 가자. 비보 프레임 이벤트 할 거거든. 그거 테스트 먼저 해보려고. 이따 11시에 만나.

나영이었다. 몸을 벌떡 일으켜 앉았다.

"11시? 은진이랑 약속한 시간이잖아."

하지만 비보의 프레임 이벤트라니. 놓치고 싶지 않았다. 아랫입술을 잘근잘근 씹으며 고민하다가 휴대전화 자판을 꾹 눌렀다.

04. 거짓말과 초코 우유

작은 프레임 안이 꽉 찼다. 나영이 내 어깨를 끌어당겼다.
"좀 더 붙어. 비보 시그니처 포즈로 찍자."
포즈를 취하며 웃음을 터뜨렸다. 포즈를 고민하고 대열을 맞추는 것에 비해 사진은 눈 깜짝할 사이에 찍혔다. 단체 사진을 찍은 후부터가 이번 외출의 주 이벤트다. 아이들은 재빨리 쓰고 있던 우스꽝스러운 가발과 머리띠를 벗고 거울을 봤다. 나도 머리카락을 매만졌다.
"이거 써. 색깔 수리 너하고 딱일 거 같아."
나영이 내게 립글로스를 내밀었다. 브랜드 로고가 박힌 립글로스는 화장품에 관심이 없는 내가 봐도 비싸 보였다. 내가 받기를 주저하자 나영은 내 뺨을 한 손으로 감싸듯 붙잡았다. 그러곤 립글로스를 내 입술에 슥슥 발랐다.

"봐. 예쁘지. 오레오랑 같이 사진 찍을 건데 이쯤은 해야지."

나영이 후후 웃었다. 나는 벽에 걸린 거울에 얼굴을 비추어 봤다. 립글로스 하나 발랐을 뿐인데 훨씬 예뻐 보였다. 어떻게 이렇게 내게 찰떡인 색을 발라줬나 싶었다.

"나영이 정말 대단해. 이거 계약하는 거 비쌌지?"

"다른 그룹 프레임 이벤트 할 때마다 부러웠는데, 드디어 우리도 찍네."

아이들이 저마다 나영을 추켜세웠다.

"비싸긴 하지. 도안도 돈 주고 맡겼거든. 멤버 다섯 명 프레임 다 등록하니깐 어휴…. 뭐, 그래도 쇼츠 계정에서 광고비 받은 걸로 해결될 수준이었어. 처음엔 도안만 무료 배포하려고 했는데, 그러면 휴대전화 없는 사람은 찍지 못할 거 아냐. 그거 앱 연동되어야 하니깐. 비보 팬 중에 분명 휴대전화 없는 초등학생도 있을 텐데, 그럼 안 되지. 앗, 애들아. 11시 59분이야. 앞으로 1분! 카운트다운 하자. 60, 59…."

나영이 사진기 앞에 서서 숫자를 외쳤다. 나와 아이들도 입을 모았다. 12시 정각이 되자마자 나영이 사진기에 돈을 넣고 프레임 선택 화면을 클릭했다. 단체 사진을 찍을 때만 해도 없던 비보의 프레임이 생겨나 있었다.

연예인을 좋아한다면 누구나 자신의 최애를 한 번은 만나보기를 꿈꾼다. 그래서 콘서트에 가고, 팬 미팅에 응모하고, 음악 프로그램 무대의 무급 방청객을 자처한다. 하지만 '비보'는 신인이라 콘서트를 열기엔 곡 수가 모자라고 음악 프로그램에도 활동 중 한두 번 나올까 말까다. 팬 미팅은 열지만, 거기에 뽑히려면 적어도 앨범을 30장은 사야 한다. 그나마 비보는 신인이라 30장이지, 챔프 같은 1군 아이돌 그룹은 100여 장을 사도 당첨될 확률이 거의 없다. 용돈으로 앨범을 한 장 사기도 힘든 학생에게 팬 미팅은 그림의 떡인 셈이다.

그런 돈 없는 팬들의 마음을 달래주는 게 즉석 사진이다. 연예인 사진이 삽입된 프레임을 선택한 뒤에 포즈를 잘 맞추면, 정말 함께 찍은 것 같은 사진을 얻을 수 있다. 하지만 이것도 모든 아이돌 팬에게 주어지는 혜택은 아니다. 즉석 사진 기계에 챔프 멤버 사진이 삽입된 프레임이 있다고 가정해 보자. 챔프의 팬이 아닌 사람이 그 프레임을 선택할 확률? 한없이 0에 가깝다. 사진 가게 주인이 바보가 아니고서야 수요 없는 프레임을 기계에 등록할 이유가 없다. 그래서 연예인 프레임은 기간 한정, 지점 한정 이벤트용으로 등록되는 게 대부분이다.

이벤트 프레임을 획득하는 첫 번째 방법! 아이돌 별스타 리그 같은 앱에서 프레임 제공을 조건으로 내걸고 진행하는 투표에서 1등을 한다. 당연히 팬덤이 큰 연예인이 1등을 싹쓸이한다. 두 번째 방법! 팬들이 최애의 생일이나 기념일에 맞추어 사진 가게와 계약을 맺고 일정 기간 동안 프레임을 등록하기도 한다. 이것도 팬덤이 커야 그 정도 추진력을 가진 사람이 존재할 확률이 높다. 이 때문에 비보처럼 신인에, 한 줌 팬덤을 가진 그룹이 이벤트 프레임의 주인공이 될 가능성은 낙타가 바늘귀를 통과할 정도로 힘든 일이다.

"수리야, 네 차례야. 넌 오레오 프레임이지?"

그런데 나영이, 혼자서 낙타를 바늘귀에 밀어 넣었다. 나영에게서 연락이 왔을 때만 해도 내가 모르는 사이에 비보가 프레임 등록 투표에서 1등을 했나 보다, 하고 단순하게 생각했다. 그게 아니라 나영이 직접 즉석 사진 전문점 점주와 계약해서, 프레임 이벤트를 개최한 거란 사실을 알았을 땐 정말 놀랐다. 나와 동갑인데 그런 일을 해내다니. 나영이 무척 어른스러워 보였다.

"당연하지."

나는 얼른 자리에 앉았다. 프레임이 제대로 등록되었는지 알아보기 위한 촬영이지만, 내게는 테스트보다 오레오와의 첫 사진이라는 사실이 더욱 중요했다. 기계 화면 속 오레오가 나를 향해 손 하트를 날렸다. 조금이라도 더, 진짜로 함께 찍은 듯 보이려고 이리저리 목과 손의 각도를 조절해 가며 사진을 찍었다. 프린트되어 나온 사진 속에서 나와 오레오는 진짜 친구 같았다.

"멤버 다 잘 나왔다. 이벤트 진행한다는 공지 올려야지."

나영이 사진을 한 장씩 확인하고는 만족한 듯 고개를 끄덕거렸다.

"우리 이젠 밥 먹으러 가자. 배고파. 햄버거 먹을까? 밥 먹으면서 공지 써야겠다."

부스 한쪽에 내려놓았던 가방을 챙겨 들고 가게를 나왔다. 손에 든 사진을 들여다보며 앞서 걷는 아이들의 뒤를 따라갔다.

'아직 다른 팬들은 여기에 비보의 프레임이 있는지 모르잖아.'

그러니깐 지금, 오레오와 함께 찍은 사진은 나만 가지고 있는 거다. 어쩐지 내가 아주 특별한 사람이 된 듯 뿌듯했다.

'…그래. 은진이랑 도서관은 언제든 갈 수 있잖아.'

그건 은진에 대한 미안함을 덮어버릴 만큼의 만족감이었다. 은진은 내가 배가 아파 드러누워 있는 줄 알 거다. 처음부터 거짓말할 작정은 아니었다. 나영에게서 메시지를 받고 고민하다가, 은진도 함께 가도 되냐고 물었다. 하지만 나영은 "챔프 팬이 왜 비보의 프레임 사진을 찍어?"라며 단칼에 안 된다고 했다. 챔프 프레임 이벤트 할 때에 난 은진이랑 갔었어. 난 사진 찍진 않았지만 은진이랑 같이 있는 것만으로 즐거웠는걸. 나영에게 그렇게 말하고 싶었다. 하지만 그랬다가 그럼 넌 오지 말라는 말을 들으면 어쩌나 싶었다. 결국 은진에게 연락을 해서 아프다는 거짓말을 했다.

괜찮냐고 걱정하던 은진의 목소리가 만족감 아래에서 따끔따끔 솟아올랐다. 햄버거 가게 안으로 들어가면서 솟아오른 미안함을 꾹꾹 눌러 밟았다. 열심히 눌러 밟은 덕에 햄버거 세트를 주문해 창가 자리에 내려놓았을 때는 다시금 특별하고 행복한 한수리가 될 수 있었다.

"우리도 생일 카페 열렸으면 좋겠다."

"생카는 돈도 돈인데 해야 하는 게 엄청 많잖아. 카페 장식도

다 주최가 해야 되고, 특전도 만들어야 하고."

햄버거를 먹으며 수다를 떨었다. 비보에 대해 마음껏 떠들고 있자니 정말로 신이 났다. 나와 다른 애들이 대화를 하는 동안 나영은 진지하게 휴대전화 액정만 들여다봤다.

"그런데 프레임 이벤트 한다는 거 어떻게 알릴 거야?"

문득 궁금해져서 묻자, 수다를 떨던 애들이 나를 외계인 보듯 바라보았다.

"왜? 이벤트 많이 알려서 한 명이라도 더 찍는 게 좋잖아…."

아이들의 시선에 당황해서 말끝이 흐려졌다.

"짠! 다 썼다. 공지 완료!"

나영이 아이들 쪽으로 휴대전화를 내보였다. '포토 프레임 이벤트! 딱 나흘간만 진행됩니다. 날짜와 장소는 아래 이미지 참고. 전 멤버 다 준비했어요'라는 글이 게시된 나영의 SNS를 확인한 순간, 손에 들고 있던 햄버거를 떨어뜨릴 뻔했다.

"…영 비스킷 걸? 나영아. 네가 영비걸이야?"

나영의 SNS에 적힌 이름. 나를 설레게 했던 네임드. 그게 나영이었다니! 애들이 나를 이상하게 봤던 것이 이해가 됐다. 팔로워 1만 명인 네임드에게 이벤트를 어떻게 알릴 거냐고 물어봤으니 어이가 없었겠지. 실제로 글을 올린 지 1, 2분밖에 지나지 않았지만 나영의 글은 빠르게 리트윗되고 있었다.

"수리 너도 내 계정 알아? SNS 해?"

"당연히 알지! 얼마 전에 네가 나 팔로우했어. 봐."

나는 내 SNS 계정의 팔로워 목록을 내보였다. 내 계정을 확인한 나영이 반색을 했다.

"이게 수리 너야? 웬일. 나 이날 이한한 때문에 완전 열받았잖아."

나영의 말인즉, 투표 조작 의혹 글을 올리고 이한한의 팬들에게 엄청나게 많은 메시지를 받았단 거였다. 이한한의 이름을 써방도 하지 않았다고 욕을 하는 내용이 대부분이었다. 써방. 써치방지. 좋지 않은 글을 올릴 때 당사자의 이름을 직접적으로 적지 않고 이니셜이나 별명 등으로 적는 걸 뜻한다.

"이한한 팬들, 아이돌 이름 써방 안 하잖아. 전에 비스킷 보이즈라니 무슨 과자 꾸러미냐고 비웃는 글, 그것도 이한한 팬이 쓴 거야. 그때 항의했더니 자기들 나이 많아서 그런 거 모른다고 잡아떼더라. 그런데 왜 우리만 이한한 이름 써방해야 돼? 이한한을 왜 이한한이라고 못 부르냐고. 홍길동이 아버지 부르는 것도 아니고!"

내 글에 이한한의 팬들이 항의하지 않은 건, 변두리 계정이기 때문일 거다. 팔로워 1만 명과 팔로워 0명은 파급력이 다를 수밖에 없다.

"그래서 이한한 이름 그대로 쓴 수리 네 글이 너무 반가웠어. 역시 우린 운명인가 봐."

나영이 햇살처럼 환하게 웃었다. "뭐야. 너무 수리만 특별 대우 하는 거 아냐?"라며 입을 삐죽거리는 아이들의 반응이 싫지 않왔다. 즉석 사진에 립글로스까지, 나영과 함께 있으면 내가 무척 특별한 사람처럼 느껴졌다. 나도 나영을 향해 살포시 웃었다.

"수리야, 학원에서도 나랑 같이 다니자. 어때?"

하지만 나영의 갑작스러운 제안에 계속 웃을 수는 없었다.

"학원에서?"

"그래! 같이 릴스도 찍고 좋잖아. 나 챌린지 전용 계정도 있어. 거기도 팔로워 많아. 일부러 비보 팬이라고 밝히지 않았어. 팬 아닌 인플루언서가 비보 노래 자주 올리면 비보는 다른 남돌과는 다르게 대중 픽이네 이 소리 들을 수 있거든. 그래서 다른 아이돌 챌린지 한 번 할 때 비보 건 무조건 다 해. 내 숏폼 팔로우한 사람들은 비보 노래 한 번씩은 다 들었을걸."

나영에게서 뿜어져 나오는 에너지에 압도되어 나도 모르게 고개를 끄덕일 뻔했다. 꾹꾹 밟아 눌러놓은 은진에 대한 미안함이 정신 차리라고 튀어나오지만 않았다면 정말 그랬을 거다.

"그럼 은진이도 같이 다녀도 되는 거지?"

애써 정신을 차리고 물었다.

"은진이?"

한껏 올라와 있던 나영의 입꼬리가 제자리로 내려왔다.

"걔는 챔프 팬이잖아."

"그렇지만 은진이는 내 단짝인걸."

"그게 무슨 상관이야? 학원에서는 각자 친구 사귀어서 노는 거지."

"그래도….."
나영은 입술을 앞으로 쭉 내밀며 내 손을 놨다.
"알았어. 당장 결정 안 해도 돼. 그래도 릴스는 같이 찍자?"
"그래."
나영이 햄버거를 집어 들었다. 다시 화기애애하게 덕질 토크가 이어졌다. 즐거웠지만, 어쩐지 속이 답답했다.
집에 돌아와 먹었던 햄버거를 모두 토했다. 심하게 체한 탓이다. 은진에게 거짓말을 한 벌을 받나 봐. 약을 먹고 끙끙거리는 내내 그런 생각을 떨칠 수가 없었다.

*

은진이 건넨 초코 우유는 미지근했다.
"수리 너, 얼굴이 반쪽이야. 진짜 많이 아팠나 보다."
"아냐. 그냥, 좀."
아마도 은진은 내가 학교에 도착하기 전에 매점에서 초코 우유를 샀을 거다. 내가 좋아하는, 하지만 인기가 많아서 좀처럼 사기 힘든 초코 우유. 초코 우유의 미지근함은 은진의 상냥함이었다.
"뭐야. 초코 우유 아직도 안 마셨어?"
점심시간이 지나고도 초코 우유가 내 책상 위에 놓여 있자 은진이 의아한 듯 물었다. 나는 초코 우유를 집어 슬그머니 가방 안에 넣었다.

"학원 가서 먹으려고."

은진에게 거짓말을 했다는 미안함 때문인지 우유 팩에 쉬이 빨대를 꽂을 수가 없었다. 결국 초코 우유는 학교 수업이 모두 끝날 때까지 가방 안에 잠든 채였다.

"수리야. 이거 봤어? 비보 프레임 이벤트 한대."

학원으로 가는 중에, 은진이 내게 나영의 SNS 계정이 뜬 휴대 전화 액정을 내보였다.

"그런데 주최자가 영비걸이네. 얘는 문제 일으킨 다음에 꼭 이벤트하더라."

은진이 못마땅하다는 듯 혀를 찼다.

"영비걸 알아?"

챔프의 팬인 은진이 영 비스킷 걸의 계정을 아는 게 의외였다.

"알지. 얘, 트러블 메이커잖아. 영상 이상하게 편집해서 다른 그룹 욕하는 걸로 유명해. 챔프가 비보 옆 지나가는 장면 편집해서, 비보가 인사했는데도 챔프가 모른 척했다느니…. 어우, 피해 의식 쩔어."

그 게시물은 나도 봤다. 영상 속에서 비보 멤버인 카롱이 고개를 숙였고, 챔프 멤버 중 한 명이 그걸 보고도 아무 반응 없이 고개를 돌리곤 걸어갔다. 누가 봐도 챔프가 비보의 인사를 받아주지 않는 장면이었다. 그 영상 때문에 챔프 인성 좋다는 거 다 거짓말이라느니, 선배면 후배 무시해도 되냐느니 SNS가 시끌벅적했었다.

'뭐야. 난 그 사건 때 은진이랑 껄끄러워질까 봐 일부러 말 안 했는데. 누가 봐도 챔프 잘못인데 그걸 우리 탓으로 돌린다고?'

빈정이 상했다. 걔는 챔프 팬이잖아. 나영의 말이 기억났다. 챔프 팬들은 다 자기들만 옳은 줄 알아. 영 비스킷 걸이 올렸던 글도 떠올랐다. 굳은 표정을 들키지 않으려고 은진을 앞질러 걸어 나가 학원 건물의 출입문을 밀었다.

"같이 갈까? 학원 하루 빠지고 가면 되겠다. 비보 프레임 이벤트, 이거 아니면 한동안 없을 거 아냐."

건물 안을 들어가며 뒤를 따라오는 은진을 힐끔 돌아봤다. 은진은 휴대전화를 보며 걷고 있었다. 슬그머니 잡고 있던 출입문을 놓자 안으로 열렸던 유리문이 빠르게 제자리로 돌아갔다. 악. 등 뒤에서 은진의 짧은 비명이 들였다. 못 들은 척 엘리베이터 앞에 섰다.

"야! 갑자기 문을 놓으면 어떻게 해?"

은진이 이마를 문지르며 옆에 와 섰다.

"들어온 줄 알았어. 누가 휴대전화 보면서 걸으래?"

"말을 왜 그렇게 해? 너 나한테 뭐 삐진 거 있어?"

"내가 뭘."

"목소리 보니깐 삐졌네. 하여간 소심 보스 한수리. 이번엔 왜 삐졌는데?"

은진이 내 뺨을 쿡 찔렀다. 소심 보스. 그건 나도 썩 싫어하지 않는 별명이다. 학기 초면 으레 자리 소개를 하게 마련인데, 그럴 때에 저 별명은 꽤나 도움이 되었다. 내 성격이 어떻다고 설명하지 않아도 되었으니깐. 내가 약간 쭈뼛거리다가 실수를 해도 "수리가 좀 소심하잖아"라고 편을 들어주는 애들도 있었다. 게다가 영화 〈베이비 보스〉와 어감이 비슷해서 다른 이상한 별명보다 귀엽기도 했다.

그러니깐 그 순간 울컥 화가 치솟은 이유가, 은진이 내 별명을 불러서는 아니었다. 나는 입을 꾹 다물고 엘리베이터 번호판만 바라봤다. 엘리베이터 앞은 곧 복잡해졌고, 은진도 더 이상 말을 걸지 않았다. 엘리베이터가 도착했고, 나와 은진은 한 걸음씩 텀을 두고 탔다. 뒤이어 우르르 올라탄 아이들에게 떠밀려 안으로 들어가는 바람에 은진과 더 멀어졌다. 나는 은진의 뒤통수를 보며 교복 치맛자락을 만지작거렸다. 내가 나빴다. 못난 한수리. 자책이 몰려왔다.

"수리야. 아까 내가…."

엘리베이터에서 내리자마자 은진이 나를 향해 뒤돌아봤다. 미안하다고 말할 때면 짓는, 잘못한 강아지 같은 표정이었다.

"수리야! 왔어? 오늘 좀 빨리 왔네. 잘됐다. 이리 와."

나영이 내 팔을 잡아끌며 은진의 말허리를 잘랐다.

"릴스 같이 찍자."

"어? 나 춤 잘 못 춰. 챌린지하려면 연습 엄청 해야 할 텐데…."

"댄스 챌린지 말고, 비보 벌스에 맞춰서 놀란 표정 짓는 거 찍을 거야. 웃기겠지. 사람 한 명 더 있어야 딱 좋거든. 와. 빨리."

나는 엉거주춤 나영의 손에 이끌려 한 발을 옮겼다.

"박나영. 수리 지금 나랑 이야기 중이야."

은진이 나와 나영의 앞을 막아섰다.

"무슨 이야기? 중요한 거 아니면 비켜. 수리 우리랑 같이 릴스 찍어야 돼."

은진의 눈동자가 핑계를 찾는 듯 빠르게 또르르륵 한 바퀴를 굴렀다. 나와의 말다툼을 나영에게 알리고 싶지 않은 모양이었다.

"…비보 프레임 찍으러 가잔 이야기. 날짜 정해야 돼."

가슴이 덜컹 내려앉았다. 나영은 일요일에, 내가 은진에게 거짓말을 했던 걸 모른다. 나영에게 잡힌 팔의 손가락이 움찔거렸다. 안 돼. 말하지 마. 나영이 내 소리 없는 외침을 들어주길 바라며 나영의 옆얼굴을 바라봤다.

"프레임? 이야기 못 들었어? 수리 그거 이미 찍었어. 일요일에 정식으로 개시하기 전에, 내가 불러내서 찍게 해줬지. 그치, 수리야."

하지만 내 텔레파시는 나영에게 닿지 못했다. 나영이 웃음 띤 목소리로 내게 물어본 순간, 나는 두 눈을 질끈 감았다.

"뭐? 일요일?"

은진의 목소리에 날이 섰다.

"야, 한수리. 너 일요일에…."

"가자! 나영아. 릴스 찍을래."

나는 다급히 외쳤다. 나영은 내 팔을 잡고 보란 듯이 은진의 앞을 가로질렀다. 나는 바닥만 보고 걸었다. 나영에게 끌려가듯이 걷다가, 강의실 앞에 도착해서야 슬며시 뒤돌아봤다. 은진이 못 박힌 듯 서서 나를 노려보고 있었다. 도망치듯 강의실 안으로 들어갔다.

"은진이 쟤, 좀 신경질적인 것 같아."

나영이 투덜거렸다. "왜? 무슨 일인데?" 강의실 뒤에 서 있던 아이들이 나와 나영에게로 몰려왔다. "아니, 나랑 수리가 같이 사진 찍었다고 하니깐 화내잖아." 나영과 아이들이 떠드는 목소리가 밀물처럼 몰려왔다. 나는 그 말들이 들리지 않는 척하면서 나영이 시키는 대로 휴대전화 카메라를 보며 표정을 지었다.

"와. 이거 진짜 잘 찍혔다."

나영이 보여주는 영상이 전혀 눈에 들어오지 않았다.

"수리야, 오늘은 나랑 같이 앉자. 나 오늘은 앞자리 앉고 싶어."

"…그래."

지금이라도 은진에게 사과해야 한다. 그렇게 생각하면서도 나영의 손을 뿌리칠 수가 없었다. 힐끔 살펴보니, 은진은 언제나처럼 강의실 뒤쪽 자리에 혼자 앉아 있었다. 팔짱을 끼고 앞자리로 향하는 나를 노려보는 은진의 눈빛이 매서웠다. 나는 애써 은진을 모른 척하며 강의실 앞으로 가 앉았다. 수업을 듣는 내내 등 뒤가 따가웠다.

쉬는 시간에 용기를 내 뒤돌아보니 은진은 어디론가 사라지고 없었다. 수업이 다시 시작된 후에도 텅 빈 은진의 자리 때문에 가슴 한쪽에 무거운 돌이 얹힌 듯 답답해졌다.

'내가 잘못한 거야. 거짓말까지 했잖아.'

'그렇게까지 정색할 필요가 있어? 너무 정색하니깐 미안하다는 말이 쏙 들어갔잖아.'

'비보 프레임 이벤트가 이번이 아니면 없을 거란 말도 그래. 챔프는 그런 이벤트쯤 언제든 있다고 자랑하는 거야 뭐야.'

'가끔 보면 은진이는 너무 둔해.'

학원이 끝나고 집에 돌아갈 때까지 답답함은 사라지지 않았다. 한 걸음을 떼면 내 잘못에 대한 후회가 몰려왔고, 또 한 걸음을 떼면 은진을 탓하고 싶어졌다. 머릿속에서 나와 또 다른 내가 격렬한 말다툼을 벌였다.

엄마가 이걸 알면 뭐라고 할까.

절실하게 고민을 털어놓고 싶었다. 머릿속에서 은진을 탓하는 또 다른 나를 꾸짖어 줄 사람. 그런 사람은 엄마밖엔 떠오르지 않았다.

"엄마."

현관문을 열고 집 안에 들어가며 엄마를 불렀다. 하지만 내 부름은 불 꺼진 거실에 공허하게 울릴 뿐이었다. 집 안은 적막했다.

'뭐야. 엄마 집에 없나?'

이한한의 팬임을 밝힌 후부터 엄마는 툭하면 외출을 했다. 그

전에는 저녁 식사를 준비해 놓고 내가 학교에서 돌아오기를 기다리고 있던 엄마였다. 불 꺼진 집에 들어오는 거야, 엄마와 떨어져 살 때 매일 있던 일이니 아무렇지 않았지만 그게 이한한 때문이라고 생각하니 짜증이 났다.

"아씨. 짜증 나!"

가방을 거실 바닥에 집어 던졌다. 가방 안에서 물건이 쏟아져 나와 바닥에 널브러졌다. 은진이 준 초코 우유가 내 발 아래로 굴러왔다. 한숨을 쉬며 초코 우유를 집어 드는데 안방서 희미한 불빛이 새어 나왔다. 손가락 한 마디만큼 빠끔히, 안방 문이 열려 있었다. 나는 초코 우유를 든 채 안방으로 다가갔다. 문틈에 바짝 눈을 대고 서서 안을 들여다봤다. 엄마가 안방 바닥에 주저앉아 있었다. 침대 옆 협탁에 놓인 스탠드에서 쏟아지는 희미한 빛이 엄마의 등 뒤로 긴 그림자를 만들어 냈다. 그림자에 휩싸인 엄마가 어둠에 녹아든 여왕 같아서, 어쩐지 말을 걸 수가 없었다. 숨을 죽이고 뒤돌아섰다. 거실 바닥에 뒹구는 물건을 그러모아 방에 들어가자마자 침대 위에 던져버렸다. 물건들 사이로 내 몸도 던졌다. 망설이다가 은진에게 우는 이모티콘을 보냈다. 딱 내 심정이었다. 메시지를 보내고 벌떡 일어나 앉았다. 물건들 사이에서 초코 우유를 찾아내 책상 위에 올려두었다.

"은진이의 답장이 오면 마시자."

하지만 아무리 기다려도 은진에게서 답장은 오지 않았다.

05. 맹일 카페 전쟁

　전쟁의 원인은 언제나 비슷하다. 오해와 대화 부족이다. 예를 들면 1차 세계대전의 도화선이라 여겨지는 사라예보 사건이 그렇다. 이 사건을 한 줄 요약하면 '오스트리아의 황위 계승자인 프란츠 대공 부부가 암살당한 사건'이다. 말이야 쉽지. 한 나라의 황위 계승자를 암살하는 일이 쉬울 리가 없다. 실제로 암살단의 첫 시도는 폭탄이 대공 부부의 차 정면이 아닌 아랫부분으로 날아가 실패로 돌아갔다. 한 번 습격을 당했으니 경계가 높아진 것은 당연지사다. 대공 부부는 잠복해 있을지도 모를 암살자를 피하기 위해 예정되었던 경로를 변경했다. 그러나 그런 노력에도 불구하고 대공 부부는 살해당했다. 암살자들이 경로 변경 사실을 빠르게 파악해서가 아니다. 그럼 암살자에게 순간 이동 능력이라도 있었던 걸까? 영화도 아니고 그럴 리가. 답은 기운 빠지게 간단하다. 운전기사가 경로 변경을 전달받지 못해서였다. 운전기사는 원래의 경로로 갔고, 대공 부부는 잠복해 있던 암살자의 총에 맞았다. 대공이 운전기사에게 변경된 경로로 운전 잘 부탁한다고 한마디 말만 건넸어도 사건의 결말은 달라졌을 거다.

싸움도 마찬가지다. 감히 세계를 뒤흔든 전쟁과 개인의 싸움을, 그것도 고작 열일곱 살의 싸움과 비교하냐고? 하지만 은진의 냉랭한 얼굴을 볼 때마다 내 마음속엔 폭탄이 떨어졌다.

거짓말을 들킨 지 일주일째, 나와 은진은 냉전 중이다. 나와 은진은 여전히 앞뒤로 나란히 앉았고 점심시간에는 함께 앉아 급식을 먹었다. 하지만 그러는 내내 은진은 입을 꽉 다물고 한마디도 하지 않았다. 이전에는 챔프나 비보에 대해서는 물론이고 밤사이에 무슨 일이 있었는지 입으로 일기라도 쓰듯이 떠들던 은진이었다. 그런 은진의 침묵은 아직도 내게 화가 나 있다는 시위나 진배없었다.

"은진아. 내가 미안하다니깐. 나 진짜 처음엔 너도 같이 가자고 그랬어."

"……."

"언제까지 이럴 거야?"

점심시간에 밥을 먹으면서 일주일간 했던 말을 하고 또 하고 있자니 녹음기가 된 기분이었다. 지은 죄가 있다고 해도 이건 너무하다.

결국 말에 짜증이 섞였다. 탁. 은진이 소리 나게 젓가락을 내려났다.

"한수리. 너 진짜 나한테 미안하긴 해?"

드디어 은진이 입을 열었다. 뾰족뾰족 가시가 돋아난 말투였지만 침묵 시위보단 나았다.

"네가 하도 말을 안 하니깐 짜증 낸 거잖아."

"너 학교에선 나 아니면 말할 사람 없으니깐 이러는 거잖아. 미안해서 사과하는 게 아니라."

"뭐? 야. 너 무슨 말을 그렇게 해?"

나도 질세라 젓가락을 내려놨다. 나와 은진은 식판을 앞에 두고 한참이나 서로를 노려보았다. 같은 탁자에 앉아 밥을 먹던 아이들이 한두 명씩 자리를 떠났다. 급식실 안을 둘러보던 선생님이 점심시간 끝나간다고 외쳤다. 은진이 크게 숨을 내쉬었다.

"아니면 왜 학원에서는 모른 척하는데?"

"뭐? 내가 언제 모른 척을….."

"학원에 도착하자마자 나영이, 걔네 무리에 쏙 섞여 들어가잖아. 그때부터 난 아웃 오브 안중. 나랑 같이 앉지도 않고, 쉬는 시간에도 걔네랑 릴스다 뭐다 찍느라 정신없고."

"그건… 일부러 그런 게 아니야."

말문이 막혔다. 정말로 일부러는 아니었다. 학교에서 한마디도 하지 않는 은진과 있다 보면 숨이 막혔다. 그러다 학원에 가면 나영이 나를 반겼고, 학원에서만이라도 즐겁게 지내고 싶었다. 나영과 함께 비보 이야기를 하고 릴스를 찍으며 웃고 떠들고 있노라면 모든 고민이 싹 날아가는 듯했다. 그래서 그런 것뿐이었다. 정말로… 그래서… 하지만 왜인지, 그 말이 입 밖으로 자신 있게 밀려 나오지가 않았다.

"은진이 너도 같이 어울리면 되잖아."

"뭐? 너 그걸 말이라고 해?"

"왜, 내 말이 틀려? 은진이 너, 강의실 들어가면 인상 팍 쓰고 앉아만 있잖아. 네가 먼저 말을 걸어봐. 그러면 나영이도…."

"야, 한수리!"

은진이 버럭 소리를 지르며 자리를 박차고 일어났다. 탁자에 놓였던 젓가락이 요란한 소리를 내며 바닥에 떨어졌다.

"장난해? 너 진짜 몰라? 박나영, 걔가 나한테 뭘 하고 있는지!"

"뭐, 뭘…?"

"어이없어, 한수리. 모르는 척하는 거 진짜 가증스러워."

은진은 그대로 몸을 돌려 급식실 밖으로 뛰어나갔다. 나는 멍하니, 멀어지는 은진의 등을 바라보았다. 점심시간이 끝났음을 알리는 음악이 들렸지만 꼼짝도 할 수 없었다. 조금이라도 움직이면 밀려 올라온 눈물이 쏟아질 것만 같았다. 아프다는 거짓말을 하고 은진과의 약속을 깬 건 분명 내 잘못이지만, 저런 말까지 듣는 건 억울하다. 결심했다. 앞으로는 은진에게 먼저 말을 걸지 않으리라. 나는 아랫입술을 꽉 깨물며 급식실을 나왔다. 은진이 아니어도 같이 다닐 친구쯤은 사귈 수 있다. 아직 1학기도 끝나지 않았다. 여름방학이 시작되지 않은 학기의 중간. 이미 그룹이 형성되었다 해도 자존심을 접고 서성거리면 끼어들 곳을 찾을 수 있을 것이다. 그것도 아니면 혼자 다니면 된다. 공부한다고 일부러 혼자 다니는 애들도 있는데, 뭐. 혼자라도 괜찮다고 굳게 마음을 먹고 교실로 향했다. 이미 수업이 시작되어 텅 빈 복도를, 런웨이 위 모델처럼 당당하게 걸으려 했다. 그러나 다짐과는 다르게 자꾸만 어깨가 움츠러들었다.

"한수리. 뭘 하다 이제 들어와? 배탈이라도 났어?"

교실 문을 열자 선생님의 타박이 날아들었다. 어깨가 한층 더 움츠러들었다. 자리에 가 앉으며 힐끔 은진의 자리를 바라봤다. 은진이 옆자리 짝과 웃으며 무어라 소곤거리고 있었다. 은진과 눈이 마주쳤다. 내 착각이 아니다. 분명히 마주쳤다. 예전에 은진이 내게 "옆에 앉은 애, 아이돌 좋아하는 거 한심하다고 여기는 눈치야"라고 투덜거렸었다.

그런데 갑자기 저렇게 친한 척이라고? 속이 부글부글 끓었다. 오후가 어떻게 지나갔는지도 모르게 억울함과 분함이 뱃속에서 휘몰아쳤다. 수업이 모두 끝나자마자, 보란 듯이 혼자 교실을 빠져나왔다. 내내 은진과 함께 걷던 길을 혼자 걸어 학원으로 향했다.

"수리야, 어서 와. 오늘은 빅뉴스가 있어!"

강의실에 들어가자 나영이 평소보다 상기된 표정으로 손을 흔들었다. 나는 강의실 뒤쪽에 모인 아이들 틈에 끼어 섰다. 뜸을 들이던 나영이 입을 열었을 때, 은진이 강의실로 들어왔다. 나영의 뒤쪽에 앉아 있던 아이들 중 한 명이 중얼거렸다.

"챔프 왔네."

그 애가 자리에서 일어나더니, 강의실 문 쪽으로 갔다. 나영도, 다른 애들도 아무도 신경 쓰지 않았다. 나도 평상시라면 그랬을 거다. 나영과 어울리는 애들은 많았다. 강의실 인원 스무 명 중 서너 명을 제외하고 모두가 나영과 어울렸다. 가만히 앉아 있던 애가 갑자기 끼어들어 릴스를 찍기도 했고 한창 대화를 나누던 아이가 쑥 사라지기도 했다. 그럼에도 그 애의 움직임을 눈으로 좇게 된 건, 은진이 한 말 때문이었다. 박나영이 자기에게 뭘 하고 있는지 아냐던 그 말. 은진을 이름이 아닌 '챔프'라고 부르는 것도 이상했다. 빠르게 문으로 걸어간 아이가 은진과 어깨를 부딪쳤다. 은진의 몸이 휘청거릴 정도의 충돌이었다.

"왜 문을 막아. 빨리 좀 비켜."

부딪친 아이가 빈정거리자, 주변에 서 있던 아이들이 약속이라도 한 듯 웃음을 터뜨렸다. 은진이 그 애들을 쏘아보고 자리로 갔다. 은진의 고정석이 된 책상에는 흰 요구르트가 쏟아져 있었다. 은진의 어깨가 크게 위아래로 들썩거렸다. 그것도 잠시, 은진은 익숙하게 강의실 뒤에서 휴지를 뽑아 와서 책상을 닦았다. 누군가 외쳤다. "어디서 우유 썩는 냄새가 나냐." 은진의 뒤를 지나가던 누군가 은진의 등을 세게 내리쳤다. 박나영, 걔가. 은진의 목소리가 귀 안에서 쟁쟁 울렸다. 일부러는 아니었다고, 정말로 그렇다고 내가 은진에게 말할 수 없던 이유는 뭐였을까. 몰랐을까,

진짜로?

솔직해지자. 소심 보스 한수리. 소심한 사람은 예민하다. 위험이 닥치면 언제든 공벌레처럼 둥글게 몸을 말고 숨어야 하니깐. 아니, 예민하지 않더라도 우리는 모두 안다. 학교에서 하루 8시간 가까이, 좁은 교실에서 지내다 보면 알게 된다. 사소한 말 한마디로도 지옥 같은 시간을 보내게 될 수도 있다는 것을. 그리고 학원은 학교의 축소판이다. 조금 더 느슨한, 그러나 같은 학교의 아이들만 모인 게 아니기에 조금 더 잔인해질 수 있는 세계다.

나는 눈치채고 있었다. 학원 선생님이 은진에게 문제 풀이를 시킬 때면 미묘하게 가라앉는 공기. 언제나 비어 있던 은진의 옆자리. 일주일에 세 번이나 2교시 수업이 시작되기 전에 사라졌던 은진. 하지만 눈치챈 것을 인정하면 더 이상 학원에 있는 게 즐겁지 않다는 걸 알기에 모른 척했다. 입안이 바짝 말랐다.

"수리야! 내 말 듣고 있어?"

짝. 나영이 내 얼굴 바로 앞에서 박수를 쳤다.

"어? 뭐라고 했어?"

"너도 참. 무슨 생각을 그렇게 해?"

나영이 일어나 내 앞에 섰다. 나영의 몸이 나와 은진의 사이를 가로막은 모양새가 되었다. 웅크린 은진의 등이 내 시야에서 사라졌다.

"생일 카페를 열 거야. 오레오의 생카!"

나영이 기세 좋게 외치곤 나를 덥석 껴안았다.

"수리 너도 도와줄 거지?"

나는 도저히 나영을 뿌리칠 수가 없었다.

*

생일 카페. 일명 '생카'. 팬이 연예인의 생일을 축하하기 위해 카페를 대여해서 생일 파티를 여는 것이다. 행사 기간 동안에 카페에서 음료를 사면 연예인의 사진이 인쇄된 일회용 컵과 포토 카드 등의 특전을 받을 수 있다. 그곳에 생일 당사자인 연예인이 오냐고? 당연히 오지 않는다. 아마 연예인들은 자기 생카가 열리는지도 모를 거다. 안다고 해도 챔프 같은 인기 그룹의 경우 전국에서 열 개가 넘는 생카가 열린다. 그곳에 다 가는 건 동에 번쩍 서에 번쩍 홍길동이 아닌 이상 무리다.

"쿠키 님하고 오븐 님 알지?"

둘 다 팔로워 1만 명이 넘는 네임드 계정주였다. 특히 쿠키는 비보의 팬 아트로 유명했다.

"그 두 분이 오레오 생일 카페 준비를 하고 있었나 봐."

"쿠키 님 최애는 다스 아니야?"

"맞아. 하지만 첫 생카는 리더인 오레오로 하자고 의견 모았대. 나도 이번에 오레오 생카 꼭 열고 싶었거든. 근데 난 미성년자 잖아. 카페 계약하려면 성인이어야 한대서 포기하고 있었어."

그러면 왜 생카를 여냐고? 일단 즐거우니깐. 생카는 그 연예인을 좋아하는 팬들에겐 놀이공원이다. 내가 좋아하는 연예인 사진이 가득한 공간! 입장권, 즉 음료만 주문하면 그곳에 얼마든지 앉아 놀 수 있다. 주변이 모두 같은 연예인을 좋아하는 사람들뿐이니깐 일반 카페처럼 목소리를 낮추어 떠들 필요도 없다.

"쿠키 님하고 오븐 님 성인이야?"

"응. 쿠키 님은 직장인, 오븐 님은 대학생이래. 그래서 두 분이 메인 주최, 내가 서브 주최로 진행하기로 했어. 두 분 다 지방 거주자라 카페 후보지를 직접 답사하러 갈 수가 없다고 해서, 내가 그 일을 맡았지."

그리고 무엇보다 생카는 사랑이다. 비록 직접 축하해 주진 못하지만 어딘가에 널 축하해 주는 사람들이 이렇게 많다고 외칠 수 있는 사랑. 통화조차 할 수 없는 장거리 연애 커플의 애달픔과 닮은 사랑이다.

"여기야?"

"응. 난 여기가 제일 좋은 거 같아. 여기서 다른 그룹도 생카 많이 했잖아. 지난달에 챔프 이벤트한 거 봐봐."

나영이 보여준 SNS에는 챔프 멤버의 얼굴이 라테 아트로 그려진 음료수 사진이 올라와 있었다.

"이거 진짜 예쁘다."

"그치? 멤버 얼굴 그려서 데코레이션해 주는 게 카페 중 여기가 제일 퀄 좋아."

나영이 앞장서 카페 문을 열었다. 대학가에 위치한 2층 카페 한쪽에는 커다란 장식장이 설치되어 있었다. 장식장 안에는 연예인들의 사진이 인쇄된 종이컵이 가득 들어 있었다. 그 수많은 종이컵이 카페의 관록을 보여주는 듯했다.

'생일 카페는 은진이 따라서 딱 한 번, 그것도 챔프 것밖에 못 가봤는데.'

은진과 챔프의 생일 카페에 갔던 날이 떠올랐다. 인기가 많은 곳이라 30분이나 줄을 섰고, 은진이 사고 싶어 했던 세트 메뉴는 품절이었다. 주변의 다른 사람들은 전부 챔프 관련 굿즈를 가지고 있는데 나 혼자 비보의 배지를 달고 있어서 눈치가 보였다.

그래도 즐거웠다. 은진과 함께였으니깐.

생일 카페 준비를 도와달라는 나영의 제안을 받고, 나는 한 가지 계획을 세웠다. 생카 준비를 하면서 나영에게 은근슬쩍, 은진의 호감도가 올라갈 만한 이야기를 흘리는 거다. 은진은 나영이 따돌림을 주도한다고 믿는 듯했다. 하지만 아닐 거다. 주말이 될 때까지 관찰해 본 결과, 나영이 직접 은진을 괴롭히는 건 보지 못했다. 애들이 은진을 괴롭히기 전에 나영의 눈치를 보거나 하지도 않았다. 무엇보다, 비보를 좋아하는 나영이 누구를 따돌리거나 할 리가 없다.

비보의 멤버 중 카롱은 이전에 인터뷰에서 따돌림을 겪은 적이 있다고 고백했다. 카롱은 한국인 엄마와 호주인 아빠 사이에서 태어난 혼혈이다. 열네 살까지 호주에서 학교를 다녔는데, 그 학교에서 인종차별과 따돌림을 겪었다고 했다. 그 인터뷰를 본 비보의 팬들은 모두 슬퍼하며 인종차별 반대 해시태그 운동을 벌였다. 비보 팬이라면 따돌림 같은 학교 폭력에는 절대 동참하지 말자는 맹세 챌린지도 일어났었다.

나영이 먼저 은진에게 다가가면, 은진도 분명 오해를 풀 거다. 그러려면 생카 준비를 하면서 나영과 좀 더 친해져야만 한다. 비보를 위해서도, 은진을 위해서도 이번 생일 카페는 중요하다.

"어쩌지, 학생. 그 날짜는 이미 예약이 되어 있어."

그렇기에 카페 주인의 말은 청천벽력, 그 자체였다.

"우리 카페만이 아니라 웬만한 생일 카페 진행하는 곳은 거의 다 그럴 거야."

"왜요? 그 때 생일인 연예인 몇 명 없을 텐데요."

나영도 당황한 기색이었다. 나영은 휴대전화로 급하게 어딘가에 전화를 걸었다. 전화를 걸고 끊기를 서너 차례 반복하는 동안 나영의 표정이 점점 일그러졌다.

"진짜야. 후보로 염두에 뒀던 다른 카페에 전화해 봤는데, 그 날짜에 예약이 다 찼대."

"정말? 어떻게 해."

나와 나영은 서로를 마주 보고 울상을 지었다.

"거봐라, 내가 뭐랬어."

카페 주인이 안쓰럽다는 듯 혀를 찼다.

"대체 누구예요? 그 날짜에 예약한 사람들, 누구 팬이냐고

요!"

나영이 카페 주인에게 따지듯이 물었다.

"이한한. 다른 데도 싹 다 이한한일 거야. 그 팬들 대단하더라. 계약금도 전부 선불로 지급하고 갔어. 팬들 연령대가 높아서 그런지 계산이 시원시원하더라."

이한한. 그 이름을 듣자마자 인상이 쓰였다.

또다. 또 이한한이다.

엄마를 빼앗아 가더니, 이젠 은진과 화해할 기회마저 앗아 가려 한다. 이한한에 대한 맹렬한 미움이 솟아올랐다.

"이한한이요? 그 사람은 트로트 가수잖아요! 아저씨. 여긴 아이돌 생일 카페 전문 아니었어요? 왜 트로트 가수 생일도 받아주는 건데요?"

나영이 화가 잔뜩 난 말투로 카페 주인에게 따져 물었다.

"아이돌이 생일 카페를 많이 여니 아이돌 전문이라고 쓴 거지. 이전에 애니메이션 캐릭터 생일 카페도 열었어. 그리고 이한한도 어르신들의 아이돌이니, 아이돌 맞지, 암."

"말도 안 돼요."

"말 돼. 속상한 건 알겠다만 나한테 화를 내면 어쩌냐."

"아저씨. 그러지 말고 저희랑 계약해요. 예? 저희가 돈 더 많이 드릴게요."

카페 주인이 고개를 가로저었다.

"안 돼. 돈 때문에 계약 파기했다는 소문 돌면 카페 이미지 나

빠져. 우리 같은 이벤트 카페는 신뢰가 생명이야. 좀 더 빨리 예약하지 그랬냐."

"우린 학생이잖아요. 오늘 카페 둘러보러도 겨우 왔어요. 아저씨도 알잖아요. 우리나라 고등학생이 얼마나 바쁜지."

"그거야… 알지. 아저씨도 딸이 있는데."

"그렇죠? 우린 이런 거 하는 거 말고는 스트레스 풀 곳도 없는데 너무해요. 어른들은 시간도 많고 놀 것도 많잖아요. 그런데 굳이 이런 놀이 문화까지 다 빼앗아 가고…."

나영이 말끝을 흐리며 자리에 주저앉았다. 카페 주인이 당황한 듯 카운터 뒤에서 나왔다.

"학생, 울지 마. 아이고, 이런 경우는 처음이네. 그래. 차라리 이한한 팬들, 그때 계약한 분들하고 직접 이야기를 나누어 보면 어때?"

나영이 슬그머니 고개를 들었다. 눈물 자국 없이 깨끗한 얼굴이었다.

"직접이요?"

"오늘 디스플레이 때문에 카페 내부 사진 찍으러 온다고 했거든. 오실 때가 됐어. 그분들에게 양보해 달라고 해봐."

카페 아저씨가 그렇게 말했을 때였다. 딸랑. 카페 도어벨 소리가 났다. 나영이 벌떡 일어나 출입문을 봤다. 대여섯 명의 사람들이 우르르 카페 안으로 들어왔다. 염색한 티가 나는 희끗한 머리카락과 눈가의 주름, 약간 커다란 목소리. 왁자지껄 떠들며 가게 안으로 들어온 사람들은 엄마와 비슷한 연배로 보였다.

"오셨네. 저분들이야."

카페 주인의 말에, 나영이 한 발 앞으로 나섰다.

"저기요!"

나영이 부르자 아줌마들의 수다가 멈췄다.

"이한한 팬분들이죠? 제가 잠깐 드릴 말씀이 있는데요."

이한한의 팬들은 의아한 듯 나영을 바라보았다. 뒤쪽에 서 있던 아줌마 두 명이 앞으로 몸을 내밀며 "뭐야"라고 물었다. 그리고 그 순간, 나는 몸이 굳었다.

'왜? 왜 여기 있는 거야?'

엄마였다. '이한한 LOVE'라는 촌스러운 문구가 쓰인 티셔츠를 입고 이한한의 모습을 본뜬 캐릭터 키링을 단 엄마가 아줌마들 뒤쪽에 서 있었다.

"어머."

엄마도 나를 봤다. 엄마가 환하게 웃으며 손을 흔들었다. 금방이라도 아줌마들과 싸울 기세로 허리에 손을 얹고 서 있던 나영이 나를 향해 물었다.

"저기 저 할머니, 수리 너랑 아는 사이야?"

"아니, 그게…."

창피했다. 저런 티셔츠를 입은 엄마가. 어릴 적에 친구들 앞에 선 엄마는 언제나 멋진 정장 차림이었다. 친구들은 그런 엄마를 보고 "한수리 엄마는 진짜 멋있더라. 드라마에 나오는 배우 같아!"라고 감탄했었다.

  멋있고 자랑스러운 엄마는 어디에 간 걸까?

  "몰라. 모르는 사람이야."

  팔랑팔랑 흔들리던 엄마의 손이 멈췄다. 나는 엄마와 눈을 마주치지 않으려고 운동화 끝만 바라보았다.

  "생일 카페 말이에요."

  나영과 아줌마들의 말소리가 뒤섞이는 내내 엄마의 목소리는 단 한 번도 들리지 않았다. 나도 입을 꾹 다문 채 운동화 속 발가락만 꼼지락거렸다.

  답답하다. 몸 안에 답답함만 계속해서 쌓인다. 이러다간 언젠가 펑 터져버릴 것만 같다.

06. 덕질은 필요할 때 찾아온다

Young_biscuit_girl

: 속상해. 비보의 첫 생일 카페 멋지게 하고 싶었는데. 이한한 팬덤 때문에 망함. 진짜 치사해. 정정당당하지 못해. 돈으로 다 해결하려는 팬덤 지긋지긋해.

나는 눈을 깜빡거렸다. 잘못 읽은 건가 싶었다. 하지만 새로 고침을 한 뒤 다시 읽어도 영 비스킷 걸, 나영의 계정에 적힌 글은 변하지 않았다.

이한한의 팬덤은 결국 생일 카페 예약을 양보해 주지 않았다. 나영은 돈을 더 준다고 하고, 손녀 같은 애들한테 그것도 양보 못 하냐고 떼를 쓰고, 그렇게 생일 카페를 다 독차지하고 행사를 무사히 마칠 수 있을 것 같냐는 악담도 퍼부었다. 이한한의 팬들은 나영의 말을 듣고 있다가 "뭐래"라는 한마디로 상황을 종료시켰다. 나영은 카페를 나와 내게 왜 한마디도 거들지 않았냐고 화를 냈다. 그러곤 나를 두고는 혼자 택시를 타고 가버렸다. 어이가 없었다. 하지만 더 어이없는 건, 그 와중에도 카페 안을 힐끔거리며 혹시 엄마가 나와서 말을 걸면 어쩌나 걱정하는 나였다.

아무리 되짚어 봐도 억지를 쓴 건 나영이었다. 그런데 왜 이런 글을 쓴 걸까. 나영의 글에 이미 수많은 비보 팬들이 반응을 남기고 있었다.

: 뭐야. 무슨 일인데? 우리 생카 함?
: 이한한 팬덤이 우리가 예약한 곳 빼앗은 거야, 혹시?
: 헐. 줌마들 진짜 작작 좀 해.
: 뻔하지. 음원 차트 상위권도 돈 처발라서 차지하고 있는 거잖아. 추하다, 진짜.

아닌데. 우리가 생일 카페 빼앗긴 건 진짜 아닌데. 자꾸만 늘어가는 글들에 초조해졌다. 이건 거짓말이다. 그리고 이게 사실이 아니라고 밝히지 않으면 나도 거짓말에 동조한 게 되어버린다. 그렇게 생각하면서도 댓글을 남길 수가 없었다. 내가 영비걸의 글이 사실이 아니라고 써도 누가 믿어주기나 할까. 변두리 계정인 나와 네임드인 나영. 사람들이 둘 중 누구의 말을 믿을지는 뻔하다. 나만 해도 팔로워 적은 계정이 하는 말보다, 팔로워 많은 계정이 하는 말을 더 믿는다.

　왜일까. 팔로워가 많다고 해서 계정주가 기자인 것도 아닌데. 심지어 기자도 제대로 취재를 하지 않고 쓸 때도 있다는 걸 아는데도 그렇다. 아이디 옆에 표시된 숫자는 때때로 모든 것을 진실로 만드는 마법을 부린다. 나영의 팔로워들이 우르르 몰려와서 내게 따지기라도 하면…. 상상만으로 끔찍하다. 그날부터 내 평온한 일상은 박살 날 것이다.

　'나영이도 속상해서 좀 과장되게 썼을 뿐이야. 작정하고 거짓말을 하려 한 건 아니었을 거야.'

　애써 합리화를 하는데, 나영의 계정에 새로운 글이 올라왔다.

Young_biscuit_girl
: 다들 위로 고마워. 그래도 괜찮은 카페 예약 성공! 살짝 외진 곳이긴 해도 이게 최선. 준비 열심히 해서 깜짝 공지와 함께 찾아오겠습니다!

　생일 카페를 열 곳을 구한 모양이다. 그럼 연락을 좀 주지. 괜히 휴대전화 액정에 눈을 흘겼다. 카페를 나와 헤어진 후, 나영에게선 메시지 한 통 오지 않았다. 혹시 연락이 올까 봐 저녁이 될 때까지 휴대전화를 손에 쥐고 안절부절, 아무것도 하지 못하고 있던 내가 한심했다.

　"수리야. 아빠가 피자 사 왔어. 나와서 먹자."

　방문 밖에서 아빠가 나를 불렀다. 집에 돌아온 후 일부러 방 밖으로 나가지 않고 있던 터였다. 엄마와 마주치면 어떤 표정을 지어야 할지 알 수가 없었다. 하지만 피자라니. 점심에 나영과 만났을 때 햄버거 하나 먹고 이제껏 아무것도 먹지 않아서인지, 피자라는 말만 들어도 배에서 꼬르륵 소리가 났다.

'엄마가 집에 왔을까?'

현관문 열리는 소리를 듣지 못한 듯도 싶었다.

"수리야, 피자 식는다."

"지금 나갈게!"

결국 방문 손잡이를 움켜잡았다. 계속 엄마를 피할 순 없다. 어쩌면 엄마는 내가 엄마를 모른 척한 걸 크게 신경 쓰지 않을지도 모른다. 아니, 그럴 것이다. 엄마는 내가 카페를 나간 후에 뒤쫓아 오지 않았다. 슬쩍 카페 안을 봤을 때, 엄마는 이한한의 팬들 사이에서 웃고 있었다. 즐거워 보였던 엄마의 모습에 용기를 내 손잡이를 돌렸다.

'맞아. 엄마 성격 알잖아? 이런 걸로 꽁할 리가 없어.'

중학교 1학년 때의 일이 떠올랐다. 내가 딱 한 번 친구들에게 엄마를 소개해 주기를 주저했던 입학식 날의 기억이었다.

그날, 내 주변에 앉은 친구들이 소곤거렸다. "저기 봐. 할아버지랑 할머니가 온 애도 있네." "우리 집도 할머니가 온댔어." "근데 저 할머니 되게 세련됐다. 단발머리 할머니 처음 봐." "염색도 안 했나 봐. 우리 할머니 머리는 새까만데." 뒤돌아보지 않아도 아이들이 가리키는 사람이 엄마라는 걸 알 수 있었다. 하얀 단발

머리. 그건 엄마의 트레이드 마크였다. 엄마는 나이 드는 건 부끄러운 일이 아니라며 염색을 하지 않았다.

하지만 순간 나는 엄마가, 엄마의 백발이 부끄러웠다. 애들이 당연하게 엄마를 할머니로 본다는 것도 충격이었고, 내가 아빠와 엄마를 부끄러워하고 있다는 것도 충격이었다. 처음 입어보는 교복이 너무 몸에 딱 맞는 탓에 숨 쉬기가 불편했고 강당의 공기는 어색했다. 고등학생이 되는 게 영문 모를 서러움을 품게 되는 일이라면 중학생이 되는 건 낯선 정글 한가운데에 떨어지는 일이었다. 정글 한가운데에서 발가벗고 춤추는 기분. 어두운 숲 안에서 수백 개의 눈이 나를 훔쳐보고 있는 듯했다. 그래서 아빠와 엄마가 내게 달려왔을 때, 우리 딸이라 말했을 때, 주변 친구들이 부모님이냐고 놀란 듯 물었을 때, 나는 입을 꾹 다물고 고개를 숙였다. 그러곤 아차 싶었다. 아빠와 엄마가 서운해하면 어쩌나 싶어 가슴이 요동쳤다. 그 요동을 잠재워 준 건 엄마의 너털웃음이었다. "아이고, 우리 딸. 이젠 늙은 부모 부끄러워할 나이가 됐네." 엄마는 웃으며 나를 껴안았다. 엄마의 품은 언제나 포근했다. 모든 게 낯설게 변하더라도, 돌아올 곳은 변함없다고 말해주는 듯한 따뜻함이었다. 그래, 그런 엄마다. 그런 걸로 꽁할 리가 없다. 나는 용기를 내 방문 손잡이를 돌렸다.

"아빠가 웬일로 피자를 사 왔어?"

거실로 나가니 아빠가 탁자에 피자 상자를 올려두고 일회용 피클 용기의 포장을 벗기고 있었다. 엄마는 없었다.

"엄마가 입맛도 없고 저녁밥 할 기운도 없다기에 사 왔지."

"…엄마는?"

아빠는 나와 엄마의 사이에 있었던 일을 모르는 눈치였다.

"방에 있어. 아까 보니 자고 있던데 깨워야겠다. 수리야, 콜라 따를 컵 좀 가져와. 아빠가 엄마 깨워서 올게."

부엌으로 가 찬장에서 컵을 꺼내 되도록 천천히 씻었다. 엄마가 피곤하다며 나오지 않기를 바라는 마음이 절반, 피자를 먹으면서 화해하고 싶은 마음이 절반. 복잡한 마음은 시원하게 쏟아지는 수돗물 줄기에도 씻겨 내려가지 않았다.

컵을 가지고 거실에 돌아오니 엄마가 탁자 앞에 우두커니 앉아 있었다.

"자, 먹자. 식으면 맛없어."

아빠가 피자 한 조각을 들어 엄마에게 건넸다. 엄마는 묵묵히 피자를 먹었다. 대화 한마디 없이 무거운 분위기가 탁자 주변에 내려앉았다. 나는 컵에 콜라를 따라 엄마에게 내밀었다.

"엄마, 콜라도 마셔."

그건 내가 내민 화해의 잔이었다. 엄마가 내게 눈 한번 흘기며 왜 그랬냐고 타박하면서 콜라를 마시면, 어색함은 사라지고 즐거운 저녁 식사 시간이 시작될 거라 기대했다.

"엄마, 목 안 말라?"

하지만 엄마는 내가 내민 컵을 받지 않았다. 엄마는 피자 씹기를 멈추고 내 손에 들린 컵을 노려보았다.

"엄마, 나 손 아파."

나는 살짝 애교 섞인 말투로 다시 한번 재촉했다. 엄마가 컵으로 손을 뻗었다. 엄마의 손가락 끝이 컵에 닿자, 안도감에 입술 사이로 가벼운 한숨이 새어 나왔다. 하지만 엄마는 컵을 받지 않았다.

"넌 엄마가 부끄럽지?"

엄마의 손가락 끝이 컵의 표면을 스치는가 싶더니, 손바닥이 컵을 후려쳤다. 컵은 내 손을 벗어나 바닥에 떨어졌다. 컵이 바닥에 부딪혀 요란한 소리가 났다. 하지만 그 소리보다 엄마의 고함 소리가 더 컸다.

"엄마가 부끄럽냐고! 못된 것!"

엄마는 소리를 지르며 다른 손에 들고 있던 피자를 내게 던졌다. 나는 피할 생각도 하지 못하고 멍하니 엄마를 봤다. 피자 조각이 내 가슴팍에 맞고 바닥에 떨어졌다. 소리치는 엄마. 탁자 위에 놓인 것들을 모두 집어 던지는 엄마. 자리에서 일어나 탁자를 발로 걷어차는 엄마. 그건 엄마가 아니었다. 내가 모르는 누군가였다. 혹은 괴물이었다.

"수리야, 방으로 들어가. 아빠가 엄마 진정시킬게."

아빠의 다급한 목소리가 내 등을 떠밀었다. 나는 도망치듯 방으로 가 방문을 닫고 침대에 앉아, 베개를 끌어안았다. 방문 밖에서는 더 이상 고함 소리가 들리지 않았다. 못된 것. 엄마가 한 말만 귀 안에서 맴돌았다. 베개를 끌어안고 앉아 있자니 눈물이 나왔다. 휴대전화를 집어 비보의 노래를 재생했다.

감미로운 노랫소리에 눈물이 더 차올랐다. 학교에 가면 은진은 내게 말도 걸지 않고, 나영도 메시지 한 통 보내지 않는다. 집에 와도 마음을 털어놓을 수 있는 사람이 없다. 엄마. 엄마는 엄마잖아. 내가 무슨 말을 해도 이해해 줘야 하잖아. 이 세상에 나 혼자 남은 듯해서, 더욱 세게 베개를 끌어안았다. 비보의 노래가 없었다면, 내 상황을 이해하는 듯한 노래 가사에 온 신경을 집중하지 않았다면 엉엉 소리 내어 울 뻔했다.

그 순간 세계에는 비보의 노래와 나뿐이었다.

*

혼자인 날들이 이어졌다. 은진은 학교에서 여전히 내게 말을 걸지 않았다. 나와 은진은 더 이상 함께 밥을 먹지 않았고 체육 시간에 옷 갈아입을 때 서로 기다리지도 않았다. 수업이 끝나면 질세라 먼저 교실을 나갔다. 나중에 나간 사람은 속절없이 학원까지 가는 길 내내 상대의 등을 봐야 했기에 먼저 나가는 건 무척 중요한 일이었다. 앞서 걸으면서 과연 뒤에 은진이 오고 있는지 신경을 곤두세우는 것도 피곤한 일이지만, 나를 모른 척하는 상대의 등을 따라 걷기보단 나았다. 은진은 더 이상 옆자리 짝과 대화를 하지 않았다. 오히려 그 애와 어울리게 된 건 나였다. 그 애는 내 필통 안쪽에 있던 비보 사진을 보더니 자기도 요즘 비보에 관심이 있다며 반가워했다. 자연스럽게 그 애의 그룹에 섞이게 되었다. 그러자 은진은 그때부터 혼자가 되기로 작정이라도 한 듯 쉬는 시간이 되면 이어폰을 끼기 시작했다. 은진은 혼자 밥을 먹고, 조별 활동을 할 때면 자리가 남은 곳에 조용히 가 섞였다.

그러니 엄밀히 말해 혼자인 건 은진이었다. 그러나 나는 새로 사귄 친구들과 떠들고, 학원에서 나영과 어울리는 동안에도 혼자가 된 느낌을 떨쳐버릴 수가 없었다.

언제나 어떤 상황이든 당당한 은진이. 학기 초에 은진이와 친해져서 다행이라 여긴 건 나뿐이었던 걸까. 은진이는 사실 나와의 관계가 어찌 되든 상관없었던 건 아닐까. 이제껏 한 번도 해본 적 없던 생각이 검은 구름처럼 뭉게뭉게 피어나 마음을 뒤덮었다.

학원에 도착해 친구들과 수다를 떨어도 구름은 좀처럼 걷히지 않았다. 비보 이야기도 전혀 귀에 들어오지 않고 자꾸 강의실 뒤에 혼자 앉은 은진만 힐끔거리게 되었다.

"어머. 이거 웬 거야?"

학원 강의실로 들어오던 나영이 은진의 자리로 돌진했다. 어제까지만 해도 은진을 투명인간 취급하던 나영이었다. 갑자기 왜 저러나 싶어 신경이 곤두섰다. 나뿐만이 아니라 모여 앉아 있던 모두가 나영과 은진 쪽으로 고개를 돌렸다.

독립 운동가를 팔아넘긴 한국인 밀정. 드라마나 영화를 보면, 그런 캐릭터는 대부분 비슷한 표정을 짓는다. 살짝 비굴한 웃음을 띠고 시선은 애매하게 허공을 응시한다. 나영을 올려다보는 은진의 표정이 꼭 그랬다.

"그거 교환한 거야. 비보에서 챔프 팬으로 넘어온 애랑."

"미친. 아무리 환승했어도 이걸 내놔? 이거 카롱 첫 팬싸 포카 잖아! 그때 카롱이 아파서 딱 1회밖에 참여 못 해서 완전 극소량 풀린 건데!"

흥분해서 떠들던 나영이, 문득 의심스러운 눈빛으로 은진을 봤다.

"근데 네가 이걸 왜 갖고 있어? 교환했다고?"

"응. 내가 가지고 있던 챔프 포카랑."

"그러니깐 왜?"

나영의 목소리가 커질수록 강의실 안은 조용해졌다. 강의실 안의 아이들은 재미있는 권투 시합이라도 관전하듯이 은진과 나영의 대화에 귀를 기울였다. 나도 마찬가지였다. 나는 은진이 나영을 향해 그런 표정을 짓는 게 싫었다. 주눅 든 목소리로 말하는 게 싫었다. 은진이 무슨 대답을 할지 알 것만 같아서 더욱 그랬다. 말해. 아니야, 말하지 마. 모순된 감정이 자꾸 부풀어 올랐다.

"…나 비보로 환승했거든. 나 이젠 비보 팬이야."

은진이 결국 말했고, 나는 두 눈을 질끈 감았다.

"진짜? 웬일이야. 챔프에서 비보로 넘어오는 애들 별로 없는데. 진짜 비보 좋아해서 환승한 거 맞아? 혹시…."

나영이 허리를 숙여 이마가 맞닿을 정도로 은진에게 얼굴을 들이밀었다.

"나랑 친해지고 싶어서 갈아탄 거 아냐?"

은진은 아무 대답도 하지 않았다.

"농담이야, 농담."

"아니! 그게… 친해져서 나쁠 건 없지. 같은 비보 팬끼리."

은진이 다급히 나영의 말끝을 낚아챘다. 나영은 활짝 웃더니 은진의 손을 붙잡았다.

"그렇지? 그럼 우리 오늘부터 친구 하자. 같은 팬끼리!"

"그, 그래."

"그렇지만 역시 진짜 비보 팬이 된 건지 좀 더 확인해 봐야겠어. 음… 이 팬싸 포카, 다른 멤버 것도 다 있어?"

"있어!"

은진이 허둥지둥 가방 안에서 포토 카드 바인더를 꺼냈다. 바인더를 낚아채듯이 받아 넘겨 본 나영의 눈가가 가느다랗게 좁아졌다.

"이거 다 교환한 거야? 와. 시세 높은 포카 엄청 많네."

나영은 바인더를 보는 척하며 슬쩍, 나와 나영의 친구들이 모여 앉아 있는 쪽을 봤다. 나영의 눈썹 끝이 살짝 움직였다. 그게 신호이기라도 한 듯, 내 주변에 앉아 있던 아이들 서너 명이 동시에 키득거리며 웃었다.

"은진아, 우리 친구 된 기념으로 이거 나 주라."

나영이 바인더를 덮어 품에 껴안고는 은진에게 졸랐다. 은진은 단번에 고개를 끄덕였다.

"그래, 가져."

"정말? 고마워! 은진아, 우리 같이 화장실 가자. 응?"

은진이 자리에서 일어나자 나영이 팔짱을 꼈다.

"진짜 팬이야? 포카를 저렇게 쉽게 준다고?"

"내 말이. 이은진, 친구 없으니깐 비보 팬인 척하는 거네."

"뻔하지, 뭐. 어우, 진짜 싫어. 아이돌이 무슨 친목 도군가."

은진과 나영이 앞을 지나자 키득거리던 아이들이 저마다 한마디씩을 던졌다. 나영에게 붙잡힌 은진의 표정이 뻣뻣하게 굳었다. 아이들 중 한 명이 내 팔을 툭 쳤다.

"수리 네가 보기엔 어때?"

"…나는 잘 모르겠어."

거짓말이다. 나는 은진을 안다. 은진이 좋아하는 연예인 굿즈를 얼마나 소중하게 다루는지를 안다. 강의실 밖으로 나간 은진과 나영이 돌아올 때까지 아이들의 험담은 계속되었다.

"애들아, 오늘부터 은진이도 우리랑 같이 놀기로 했어. 잘됐지?"

나영이 은진을 데리고 무리로 돌아왔다. 모여 있던 아이들은 건성으로 박수를 쳤다. 나영이 쭈뼛거리는 은진을 자리에 앉히고는, 책상 한가운데에 포카 바인더를 놓고 펼쳤다.

"이거 은진이가 우리랑 친해진 기념으로 준대. 마음에 드는 거 한 장씩 골라."

"진짜? 그럼 나 이거."

"난 이거."

아이들이 앞다투어 바인더로 손을 뻗었다.

"앞으로 은진이가 비보 굿즈 많이 가져와서 나눠줄 거래. 그렇지, 은진아?"

나영이 생글생글 웃으며 은진의 어깨를 지그시 눌렀다.

"뭐 해, 수리야. 넌 갖고 싶은 거 없어?"

"어? 아니, 나는…."

나영이 바인더에서 오레오의 포카를 꺼내 내게 내밀었다. 나는 머뭇거리다가 포카를 받았다. 수업이 시작되었고 모여 있던 아이들은 우르르 흩어졌다. 나는 수업 시간 내내 포토 카드를 손에 쥐고 만지작거렸다. 이런 건 은진이답지 않다. 내가 아는 은진은 혼자여도 당당하다. 그게 얄밉지만 부럽기도 한, 은진의 본모습이다. 나는 포카를 꽉 움켜쥐었다. 수업이 끝났을 때엔 손바닥 안에 일자로 긴 자국이 파였다. 은진의 자리를 돌아보니, 은진은 이미 자리에 없었다. 다급하게 강의실을 뛰어나갔다. 강의실 복도 창문 밖을 내다보니 은진이 학원 건물 출입문을 나서고 있었다. 왜 저렇게 빠르담. 엘리베이터를 기다리다간 은진을 놓칠 것만 같았다. 나는 비상구 계단을 뛰어 내려갔다. 내 생각이 맞다면, 그러지 말라고 말해주고 싶었다. 숨을 헐떡거리며 학원 건물 밖으로 나가자, 횡단보도 앞에 선 은진이 보였다.

"은진아!"

나는 은진에게 다가갔다. 은진은 무표정하게 나를 바라봤다.

횡단보도의 신호등이 빨강에서 초록으로 바뀌고, 서 있던 사람들이 우르르 길을 건넜다. 나와 은진만이 횡단보도 앞에 남았다. 하지만 곧 학원에서 나온 아이들이 주변을 채울 터였다. 나영의 무리도 나오지 않을까 싶어서 마음이 조급해졌다.

"너 진짜로 비보 좋아하게 된 거 아니지?"

확인해야만 했다. 그래야 말해줄 수 있었다. 그러지 말라고. 챔프를 좋아한다고 말하던 너는 정말 즐거워 보였지만 방금은 전혀 그렇지 않았다고. 그런 방법이 아니라도 분명히 다른 방법이 있을 거라고. 나도 좀 더 용기를 내겠다고.

이제라도 모른 척하지 않고 네 옆에 있을게. 그렇게 말하고 싶었다. 하지만 날아온 은진의 대답은 더없이 싸늘했다.

"왜? 네 소중한 비보 이용하지 말라고?"

"그런 뜻이 아니라, 너답지 않으니깐…."

"네가 나에 대해서 뭘 아는데?"

나를 노려보는 은진의 날카로운 눈빛에 말문이 막혔다.

"넌 나한테 뭐라고 할 자격 없어. 제일 비겁한 건 너니깐."

은진은 그렇게 말하고는, 다시 신호가 바뀐 횡단보도 건너편으로 뛰어가 버렸다. 나는 은진을 붙잡지도, 부를 수도 없었다. 은진이 한 말이 비수처럼 날아와 가슴에 꽂혔다.

비겁하다고? 아니다. 난 용기를 내려고 했다. 집으로 돌아오는 내내 발끝을 질질 끌며 걸었다. 집에 가고 싶지 않았다. 하지만 집이 아니면 갈 곳도 없었다. 아빠의 가게에라도 잠시 들를까 싶어서 발걸음의 방향을 틀었다. 가게의 유리벽 너머를 기웃거렸지만, 정신없이 분주한 아빠의 모습에 결국 뒤돌아섰다.

"다녀왔습니다."

현관문을 열고 집 안으로 들어갔다. 대답 없는 거실에 내 목소리만 메아리쳤다. 어두운 거실을 가로질러 방으로 갔다. 안방 문틈으로 희미한 빛이 새어 나왔지만, 안을 들여다볼 엄두가 나지 않았다. 저번처럼 엄마가 어둠 속에서 우두커니 앉아 있을까 봐 무서웠다. 피자를 먹다가 소동이 일어난 날 이후, 엄마는 노골적으로 나를 피했다. 아침과 저녁은 식탁에 차려져 있었고, 엄마가 화장실을 오가고 누군가와 통화를 하는 등 분명 인기척이 났다. 하지만 내가 방 밖으로 나가면 숨바꼭질이라도 하듯 엄마는 모습을 감췄다. 내가 자꾸 "엄마는?"이라고 묻자 아빠까지 나를 슬슬 피하는 낌새였다. 결국 집에서도 혼자다.

지쳤다. 나는 풀썩 침대에 쓰러졌다. 휴대전화를 꺼내 멍하니 비보가 출연한 예능을 봤다. 화면 속 멤버들은 즐거워 보였다. 서로를 챙기고, 칭찬해 주는 모습에 저절로 웃음이 나왔다. 이거였다. 내가 비보를 좋아하게 된 이유.

아이돌에 별로 관심이 없던 나를 덕질로 이끈 건 다정함이었다. 고등학교에 입학하고 며칠 지나지 않았을 때 우연히 본 비보의 영상. 그 영상 속 멤버들의 모습은 너무나 내가 바라던 친구들 그 자체였다. 서로를 위해주고 실수를 감싸주고, 작은 일에도 까르르 웃었다. 은진과 친해지기 전, 좀처럼 반에 적응하지 못하던 때였다. 급식실에 같이 갈 친구도 없어서 혼자 꾸역꾸역, 체할 정도로 빠르게 밥을 먹어야 했던 때. 그래도 괜찮다고, 곧 끼어들 그룹을 찾을 거라고 애써 마음을 다독였다. 그러나 비보의 영상을 본 순간, 눈물이 터져서 한참을 엉엉 울었다. 그저 몰려다닐 그룹이 아닌, 저런 친구를 원한다. 울면서 내 바람을 처음 깨달았다. 그 바람을 담아 비보의 굿즈를 사서 학용품 여기저기 붙였다. 그러고 학교에 갔더니 은진이 내게 말을 걸었다. 친구가 생겼다.

그랬는데 난 은진을 모른 척했다.

은진의 말대로다. 나는 비겁했다. 휴대전화를 든 손이 침대 아래로 축 늘어졌다. 나는 한참이나 멍하니, 천장만 올려다보며 누워 있었다.

엄마는 왜 이한한을 좋아하게 됐을까?

누군가 그랬다. 덕질은 그 사람이 필요할 때 찾아온다고. 내게 다정함이 필요했을 때 비보가 찾아왔던 걸 생각하면 딱 맞는 말이지 싶다.

그럼 엄마는 뭐가 필요했던 걸까.

문득 궁금해졌다.

07. 기쁘지 않은 승리

편의점 창문 너머는 깜깜한 어둠이다. 학원가 대로변에 위치한 편의점 밖 거리는, 학원이 끝나기 전까지는 대낮처럼 환하다. 건물과 자동차들이 도시에 밤을 허락하지 않겠다는 듯이 빛을 뿜어댔다. 그래도 내겐 어두컴컴하게만 보였다. 한 치 앞도 모르겠는 지금 내 상황처럼 말이다.

"아무도 답을 안 하네."

단톡방에 글을 올린 지 30분이나 지났지만 아무도 응답하지 않는다. 앞에 놓인 컵라면 속 면발을 한 젓가락 집어 입에 넣었다. 면발은 이미 퉁퉁 불어터져 있었다. 식탁 한가운데에서 고소한 냄새를 풍기던 삼겹살이 떠올라 더욱 맛없게 느껴졌다. 다시 휴대전화 액정을 손가락으로 쭉 밀어 올렸다. 역시나 새로 올라온 글은 없다. 내가 쓴 글 옆에 붙은 숫자가 자꾸 줄어드는 걸 보면 분명히 읽은 애들이 있는 거다. 게다가 내가 글을 올리기 직전까지 나영과 다른 애들은 앞다투어 메시지를 주고받고 있었다. 왁자지껄했던 단톡방이 단숨에 고요해진 것이 섭섭했다. 다시 한번 손가락을 움직였다.

: 나 가출했어. 하룻밤만 재워줄 사람?

역시나 누구도 반응하지 않았다.

그렇다. 나는 가출했다. 평일 저녁 9시에, 저녁밥을 먹다 말고 집을 뛰쳐나왔다. 충동적인 가출이었다.

학원이 끝나고 집에 돌아갈 때까지만 해도 이런 일이 일어날 줄은 몰랐다.

*

엄마가 폭탄을 던졌다.

간만에 온 가족이 모여 앉은 저녁 식사였다. 학원에서 돌아오니 엄마가 삼겹살을 굽고 있었다. 식탁 한가운데에 놓인 버너 위 프라이팬에서 지글지글 고기 굽는 소리가 냄새만큼이나 군침을 돌게 만들었다.

"왔어? 빨리 손 씻고 와. 저녁 먹자."

엄마는 언제 나를 피했냐는 듯 쾌활하게 말을 건넸다. 콧노래를 흥얼거리는 엄마는 즐거워 보였다. 주변 사람까지 기분 좋게 만드는 밝은 에너지. 내가 알던 엄마가 돌아왔다. 나는 서둘러 손을 씻고 식탁에 가 앉았다.

"그동안 식사에 통 신경을 쓰지 못했잖아. 우리 식구들 영양 보충 좀 하라고 준비했지."

엄마가 삼겹살을 먹기 좋게 잘라 접시 위에 놓았다. 나는 기꺼이 엄마가 잘라준 삼겹살 한 점을 집었다. 내가 내민 컵을 내동댕이쳤던 엄마는 여전히 미웠다. 나를 모른 척한 엄마도, 미안하다고 사과도 하지 않는 엄마도 미웠다. 마음 한쪽에선 이런 삼겹살 정도로 넘어갈쏘냐 하는 심술이 들썩거리기도 했다. 하지만 삼겹살을 자르는 엄마는 내가 알던 엄마였다. 그 모습이 너무 반가워서 심술 따위는 어디론가 날아가 버렸다.

"당신 오랜만에 기분 좋아 보이네."

아빠도 나와 같은 생각인 듯 허허 웃었다.

"그게 말이지. 빅뉴스가 있어."

엄마가 손에 들고 있던 가위를 내려놓고 가볍게 손뼉을 쳤다.

"나, 텔레비전 프로그램에 출연하게 됐어."

"텔레비전?"

나는 삼겹살을 먹으며 무심히 아빠와 엄마의 대화를 흘려들었다. 엄마는 이전에도 몇 번 방송에 출연한 적이 있었다. 주로 회사에서 진행 중인 사건을 설명하는 역할이었다. 엄마는 얼굴이 노출되면 그걸로 시비 거는 사람이 많아진다며, 방송에 나가는 걸 썩 달가워하진 않았다. 그런 엄마가 방송 출연 사실을 기쁜 듯 알리는 게 의외였지만, 오랜만이라 그런가 보다 여겼다.

"그래! 〈덕후의 방〉이란 프로야. 이번에 새로 방영 시작하는데, 다양한 분야의 덕후들 방을 소개하는 거래."

쾅. 엄마가 던진 폭탄이 식탁 위에 떨어졌다. 나는 젓가락질을 멈췄다.

"엄마, 뭐라고?"

"왜? 걱정 마. 수리 네 방은 촬영 안 해. 그쪽엔 물건이 없잖아."

"물건?"

"이한한 굿즈. 나 이한한 덕후로 출연할 거거든."

아래턱이 가볍게 벌어졌다. 내가 잘못 들었기를 바랐지만, 엄마는 그런 내 바람은 상관없다는 듯 신이 나서 떠들었다.

"이게 팬클럽 내에서 출연할 사람 추천을 해서 뽑았거든. 아무나 나갔다가 이한한 얼굴에 먹칠하면 안 되잖아. 경쟁이 얼마나 치열했는지 몰라. 이한한이 방송을 볼 수도 있잖아. 어쩌면 방송국에서 서프라이즈로 이한한하고 잠깐 만나게 해줄 수도 있고. 나보다 더 젊은 팬도 있거든. 당연히 걔가 되겠거니 했는데 사람들이 꼭 내가 나가야 한다고 몰표를 줬지 뭐야."

"그래? 당신 대단하네."

"내가 불법 굿즈 그런 거 절대 사지 않는 점이 높이 평가된 거 같아. 전국에 방송될 텐데 이한한 팬은 불법으로 만든 것도 신이 나서 사네, 뭐 그런 이야기 들으면 좋지 않잖아. 역시 뭐든 정정당당해야 해. 그렇지?"

"그럼."

아빠의 맞장구에 엄마의 목소리는 점점 더 열기를 띠었다. 엄마의 폭탄선언이 폭탄이었던 건 나뿐인 모양이었다. 아빠와 엄마는 정원에 앉아 차를 마시는데, 나 홀로 전쟁터에 우두커니 서 있는 기분이었다.

말도 안 된다. 엄마가 그런 방송에 나간 걸 친구들이, 특히 나영이 알기라도 하면 큰일이다. 아무리 내 방을 촬영하지 않는다고 해도 거실의 가족사진은? 엄마를 만난 적 있는 친구들이 방송을 보고 SNS에 그 사실을 올리기라도 하면? 사방이 인터넷으로 연결된 세상이다. '이한한 팬'이란 타이틀을 달고 방송에 나간 사람이 한수리의 엄마라는 사실이 밝혀질 수 있는 가능성은 무궁무진하게 많다.

"안 돼! 난 반대야. 엄마가 그런 방송에 나가는 거!"

나는 다급하게 외쳤다.

"왜? 그런 방송이라니. 그건 무슨 뜻이야?"

엄마의 얼굴에서 미소가 사라졌다. 엄마는 나를 응시하며 음절마다 힘을 줘 물었다. 네가 무슨 말을 하든지 물러서지 않을 거야라고 선언하는 듯한 어투였다. 공격도 하기 전에 단단한 장벽을 마주한 기분이었다. 하지만 물러설 순 없었다.

"왜라니. 창피해. 다 큰 어른이 집에 연예인 사진이며 굿즈며 잔뜩 걸어놓는 거, 다른 사람이 보기엔 그냥 한심해. 방송 나가면 주책없는 아줌마, 그런 소리 들을 게 뻔해. 내 친구들도 알게 될 거고!"

날카로운 말이 내 입에서 마구 튀어 나갔다. 어떻게든 장벽을 무너뜨리고 엄마의 고집을 꺾고야 말겠단 생각뿐이었다.

"수리 너도 방에 브로마이드 걸어놨잖아."

"나랑 엄마가 같아?"

"뭐가 다른데? 왜 너는 연예인 좋아해도 되고 엄마는 안 되는데?"

"그야⋯."

말문이 막혔다. 안 될 건 없다. 당연히 어른도 연예인을 좋아해도 된다. 덕질은 누구에게나 평등하다. 누군가 나이 든 비보 팬에게 주책없다거나 그런 말을 하면 나도 화를 낼 거다. 하지만, 하지만 엄마는 엄마잖아. 그냥 어른이 아닌 한수리의 엄마. 당연히 덕질보다 나를 먼저 생각해 줘야 하는 거잖아. 입 밖으로 나오려는 외침을 꿀꺽 삼켰다. 너무 어리광 부리는 것 같아서 차마 말할 수가 없었다. 집어삼킨 진심을 대신해 허둥지둥 아무 말이나 길어 올렸다.

"왜 하필 이한한이야?"

"뭐?"

엄마는 대체 무슨 소리냐는 듯 되물었다.

"규칙이란 규칙은 다 어기고, 투표 이기려고 편법이나 쓰고. 그런 더러운 팬덤이 엄만 자랑스러워?"

"무슨 소리야! 이한한 팬들은 그런 짓 안 해!"

"안 하긴 뭘 안 해! 오죽했으면 다른 가수 팬들이 이한한이라면 다 학을 떼. 민폐 팬덤! 트롤 팬덤! 엄마가 그런 창피한 사람들 중 한 명이라는 게 자랑할 일이냐고!"

"아니라고!"

"맞아! 이한한 팬들 민폐, 뭐 이런 걸로 검색해 봐. 엄마 인터넷 잘하잖아."

나와 엄마는 서로를 노려보았다. 눈가가 파르르 떨렸다. 그동안 쌓인 답답함이 부글부글 끓다가 뻥 터졌다.

"몰라! 엄마가 그 프로 나가면 나 집 나갈 거야!"

자리를 박차고 일어났다. 엄마가 화들짝 놀라 나를 붙잡을 거라고, 당장 방송에 나가지 않겠다는 약속을 할 거라고 믿었다. 하지만 엄마는 의자에 앉은 채 꼼짝도 하지 않았다.

"수리야. 좀 진정해라. 당신도."

쩔쩔매는 건 아빠뿐이었다. 엄마는 무표정하게 계속 나를 응시했다. 어차피 나가지도 못할 거면서. 엄마의 차가운 표정이 그렇게 말하는 것만 같았다.

"엄마가 방송 출연하지 않겠다고 할 때까지 안 들어올 거야."

나는 쿵쿵 발을 구르듯 성난 걸음으로 부엌을 나와, 방문 앞에 던져놓았던 가방을 집어 들고 집을 뛰쳐 나왔다.

"수리야, 수리야!"

아빠가 나를 부르며 따라 나왔다. 나는 아빠에게 잡히지 않으려고 뛰었다. 계단을 뛰어 내려와 집과 점점 멀어져, 골목 끝에 도착할 때까지 엄마의 목소리는 단 한 번도 들리지 않았다.

두고 봐라. 내가 집 아니면 갈 데가 없나.

아랫입술을 잘근잘근 씹으며 다짐했다. 지지 않겠다고. 이번에야말로 이한한을 이기고 말겠다고. 엄마에게서 약속을 받아낼 때까지 절대 집에 들어가지 않겠다고. 골목의 밤만큼이나 분명하고 결연한 다짐이었다.

*

그랬는데 이게 뭐람. 현실은 나를 재워줄 친구 한 명 없어서 컵라면 하나로 편의점에서 버티는 중이다. 편의점 직원이 대걸레를 자꾸만 내 발 근처로 들이밀었다. 곧 있으면 밤 10시. 상가의 불빛도 하나둘씩 꺼지기 시작했고 도로의 차도 줄어들었다. 이 편의점은 24시간 영업을 하는 걸까? 편의점을 나가면 어디로 가지? 답답한 마음에 SNS에 글을 올렸다. '갈 곳이 없어.' 전송 버튼을 누르자마자 메시지 아이콘 옆에 숫자가 생겼다. 덕질용 계정이라 메시지 보낼 사람이 없는데 누구인가 싶었다.

영비걸 때문에 팔로워가 늘었다곤 해도 내 계정은 여전히 변두리 계정이다. 팔로워는 30명 남짓. 그나마 대화 한 번 해본 적 없는 계정이 대부분이다. 두서없이 올린 한탄에 메시지까지 보낼 정도로 친분이 있는 계정은 하나도 없었다. 망설이다 다이렉트 메시지 창을 열었다.

Young_biscuit_gir
: 나도 갈 곳 없어.

영비걸, 나영이었다. 단톡방에선 아무 말도 없더니 왜 개인 메시지를 보낸 건가 싶었다. 게다가 갈 곳이 없다니. 혹시 나영이도 집을 나온 건가 싶었다.

: 너 어딘데?
: 집.
: 집인데 왜 갈 곳이 없어?
: 집이니깐 갈 곳이 없지.

도돌이표처럼 비슷한 말이 계속 오가다가 집인데 왜 갈 곳이 없냐는 내 메시지를 마지막으로 결국 대화가 끊겼다. 놀리는 건가 싶어 신경질적으로 대화창을 닫았다. 재워준다는 말까진 아니어도 무슨 일 있냐고 물어봐 줄 수는 있을 텐데. 편의점 창밖의 불빛이 하나씩 사라질수록 작은 다정함이 절실해졌다. 위잉. 다시 손안에서 휴대전화가 울렸다. 나영이 또 무슨 메시지를 보낸 건가 싶어 무심히 대화창을 열었다.

"으악! 이게 뭐야!"

질겁하며 창을 닫았다. 도착한 메시지에는 처음 보는 남자가 상반신을 벗고 찍은 사진이 첨부되어 있었다. '갈 곳 없으면 재워

줄까?'라는 문장과 함께. 다음 메시지도, 그다음 메시지도 비슷한 내용이었다. 뉴스에서 봤던, 가출 청소년을 대상으로 한 온갖 범죄가 머릿속을 스치고 지나갔다. 겁이 나서 아예 SNS를 로그아웃하고 휴대전화를 뒤집어 멀찍이 놓았다.

큰소리를 치고 나왔는데 한심하게도 혼자다. 나를 걱정해 주는 사람도, 도와주는 사람도 없다. 지갑에는 만 원짜리 한 장이 들어 있을 뿐이다. 머뭇머뭇 다시 휴대전화로 손을 뻗었다. 하지만… 결국 다시 휴대전화에서 손을 뗐다. 무리다. 무섭다. 편의점 탁자에 이마를 박듯이 엎드렸다. 잠시 후 편의점 문이 열리는 소리가 연이어 나더니 툭 누군가 내 등을 가볍게 쳤다. 편의점 직원인가 싶어 얼른 몸을 일으켜 앉았다.

"메시지 확인 좀 해. 편의점만 세 군데 뒤졌잖아."

내 뒤에 서 있는 건 은진이었다. 예상치 못한 은진의 등장에 어안이 벙벙했다.

"뭐 해. 가자."

내가 가만히 앉아 있자, 은진이 재촉했다.

"네가 왜 여기 있어?"

은진은 여전히 학교에서도 학원에서도 나를 못 본 척하던 중이었다. 그래서 은진에겐 메시지를 보낼 엄두조차 내지 못했다. 은진은 내 앞에 놓인 컵라면 용기를 들어 쓰레기통에 버렸다.

"그 단톡방에 나도 있어. 나영이가 초대해서 들어갔어."

"몰랐어."

"나 글 한 번도 안 썼으니깐. 너도 글 잘 안 남기더라. 거기."

"그냥… 쓸 말도 없고."

나와 은진은 함께 편의점을 나왔다. 내가 궁금한 '왜'는 '어떻게'가 아니었다. 이젠 화가 풀린 거야? 우리 화해하는 거야? 왜 나를 찾으러 온 거야? 은진에게 물어보고 싶은 게 잔뜩 있었다. 하지만 어색했다. 은진과 나란히 걷는 것은 무척 오랜만이었다. 은진도 어색한지 걷는 내내 앞만 바라보았다.

"할머니, 나 왔어요."

은진의 집은 상점가 뒤쪽, 주택가 골목 가운데에 자리 잡고 있었다. 은진이 4층짜리 다세대 주택 출입문의 초인종을 누르자 철컥 문이 열렸다.

"우리 집 2층이야. 올라가자."

은진의 집에 오는 건 처음이다. 은진의 뒤를 따라 계단을 올라갔다.

"아이고. 이 철없는 것."

현관문을 열고 들어가자마자 할머니의 손바닥이 내 등짝을 내리쳤다.

"어디 겁도 없이 가출을 해, 가출을!"

"할머니. 수리 놀랐잖아요. 잔소리는 나중에 하고 밥부터 줘요."

"아이고. 그래야지. 내 정신 좀 봐. 잠깐만 기다려라."

할머니가 부랴부랴 부엌으로 사라졌다. 은진이 자기 방문을 열고 들어오라는 손짓을 해 보였다.

"나 배 안 고파."

"밥 핑계 대야 잔소리가 끝나."

나는 문지방을 밟고 서서 은진의 방을 둘러보았다. 은진의 방 벽에는 챔프의 브로마이드가 곳곳에 붙어 있었다. 침대 머리맡에는 챔프의 앨범이 빼곡했고 선반에는 멤버의 캐릭터 인형이 자리 잡고 있었다. 방 전체가 '나는 챔프의 팬입니다'라고 외치는 듯했다. 챔프의 굿즈로 가득 찬 방 침대에 걸터앉아 있는 은진은 편안해 보였다. 학기 초, 내게 쾌활하게 말을 걸던 은진이 거기 있었다.

좋아하는 것으로 가득한 공간. 그 공간이 나를 나답게 만들어 주는 것은 아닐까.

"할머니가 나 가출한 거 알아서 놀랐어."

침대 아래 가방을 내려놓았다. 여전히 어색했지만, 편안한 분위기 덕분에 입을 뗄 수 있었다. 침대 위에 앉아 있던 은진이 엉덩이를 들썩여 옆으로 옮겨 앉는 시늉을 했다. 옆에 앉아도 된다는 무언의 신호였다.

"몰래 나가다가 들켰어. 할머니, 나 밤에 나가는 거 되게 싫어해. 그래서 무슨 핑계를 대나 끙끙거리는데 너희 아버지가 전화했어."

"아빠가? 아빠가 어떻게 너희 할머니 번호를 알아?"

나는 은진의 옆에 앉았다.

"너희 어머니가 알려줬겠지."

"엄마는 너희 할머니 번호를 어떻게 아는데?"

"어떻게 알긴. 나랑 네 엄마가 친구니깐 알지."

방문이 벌컥 열리더니 할머니가 쟁반을 들고 들어왔다. 쟁반에는 샌드위치와 우유가 놓여 있었다. 할머니가 쟁반을 책상 위에 내려놓았다.

"너무 늦었으니 가볍게 허기만 달래라. 내일 아침에 맛있는 거 해줄게."

"참, 할머니도. 아침에 밥 먹을 시간 있으면 잠을 더 자지."

"시끄러. 아침을 든든하게 먹어야지!"

은진과 할머니가 티격태격, 장난 섞인 대화를 주고받는 모습이 부러웠다. 엄마가 회사를 그만두었다고 했을 때 이런 장면을 상상했었다. 야식을 챙겨주는 엄마와 마주 앉아 별거 아닌 이야기를 나누는 그런 밤을. 하지만 '별 사건' 이후, 엄마와 나는 링 위에 마주 보고 선 파이터가 되어버렸다.

"수리 너, 너희 엄마 속 너무 썩이지 말어."

할머니가 내 손에 샌드위치 하나를 억지로 쥐여주었다.

"어이구. 언제는 할머니 맞으면서 왜 난리냐고 욕하더니."

은진의 말에, 할머니가 손을 내저었다.

"그때는 머리가 하얘서 나랑 비슷한 나이인 줄 알고 그랬지. 나보다 열 살이나 어린지 알았나. 나라도 열 살이나 나이 많게 보면 기분 안 좋아서 그랬을 거야."

"…우리 엄마는 나이 많은 거 신경 안 써요."

나는 발끈해서 할머니의 말에 반박했다. 나보다도 엄마를 더 잘 아는 듯이 구는 할머니의 태도가 마음에 들지 않았다.

"어리다, 어려. 자식 앞에서 괜찮은 척해도 마음이야 상처투성이였을 것인데."

"아니에요. 엄마는 나이 드는 건 숨겨야 할 일이 아니라고 했어요. 그래서 머리 염색도 안 하는 거라고요. 그래야 전문직 여자들이, 나이 먹어도 당당하게 일할 수 있다고…."

할머니가 내 머리를 가볍게 쓰다듬었다.

"훌륭한 사람도 사람이잖아. 사람이 어떻게 평생 단단할 수 있겠어."

할머니가 방을 나갔다. 할머니가 나가자 대화가 뚝 끊겼다. 나는 샌드위치를 베어 물었다. 은진에게 사과하고 싶었다. 하지만 쉬이 말이 나오지 않아서, 한참이나 꾸역꾸역 샌드위치만 먹었다.

"미안해."

꿀꺽, 씹던 샌드위치를 급하게 삼켰다. 왜 은진이 내게 사과를 하는지 알 수가 없었다.

"너희 어머니, 그 방송 나가라고 밀어붙인 거 우리 할머니야."

"뭐?"

"우리 할머니랑 너희 어머니, 이한한 팬클럽 정모에서 다시 만나서 친해졌대. 우리 할머니가 좀 마당발이니. 이번에 이한한 팬클럽에서 방송에 누가 나가는 게 좋겠냐고 투표했는데 할머니가 너희 어머니 찍으라고 회원들 설득했다더라. 고로 오늘의 소동에는 우리 할머니 책임도 있는 거지. 그러니깐 미안!"

은진이 과장된 몸짓으로 두 손을 모으곤 고개를 숙였다. 그 익살스러운 행동은 나를 위한 배려였다. 나는 용기를 끌어올렸다.

"나도… 나도 미안해!"

나도 은진을 향해 고개를 숙였다. 나와 은진의 정수리가 부딪힐 듯 가까워졌다. 풋. 은진이 실소를 터뜨렸다. 나도 따라 웃었다. 나와 은진은 고개를 들고 서로 마주 보며 웃었다. 웃음소리는 점점 커졌다. 나와 은진은 한참이나 울음 같은 웃음을 쏟아 냈다. 눈가에 눈물이 맺혔다.

"어렵다. 진짜. 그냥 좋아하는 걸 좋아하고 싶은 것뿐인데."

"…그러게."

나와 은진은 그대로 침대에 드러누웠다. 방 천장에도 챔프의 브로마이드가 붙어 있었다. 한정판 브로마이드를 구했다고 기쁨에 겨워 자랑하던 은진의 모습이 떠올랐다.

"은진아, 비보 진짜 좋아하냐고 물었던 거, 따지려고 했던 거 아냐. 비보를 좋아하기로 했다고 말하는 네가 너답지 않아 보여서 그랬어."

은진이 침대 시트를 잡아 뜯듯이 어루만졌다.

"나다운 게 뭔데?"

"응?"

"네가 보기에, 나다운 게 뭐냐고."

"그건….."

내가 본 은진은 그랬다. 그룹에 속하지 못해도 조바심을 내지 않는 아이. 자신이 좋아하는 건 당당하게 좋아한다고 말하는 아이. 소심한 나와는 다르게 짓궂은 놀림도 재치 있게 받아넘기는 아이. 부당한 일에는 쉽게 굽히지 않는 아이. 혼자여도 괜찮은 아이. 내가 그렇게 말하자 은진은 더욱 세게 시트를 움켜쥐었다.

"수리야, 그건 내가 아니야."

"하지만 내가 보기엔…."

"나도 내가 그런 사람인 줄 알았어. 하지만 계속 혼자 다녀야 한다는 생각을 하니깐 견딜 수가 없더라. 영화에서 보면, 요만한 화약에도 댐이 와르르 무너지잖아. 그런 느낌이었어. 무너진 댐에서 쏟아지는 물처럼, 내 의지로는 버틸 수 없는 거."

나와 은진 사이에 또다시, 잠시간 침묵이 내려앉았다. 은진이 벌떡 몸을 일으켜 침대 아래로 내려가 섰다.

"나도 모르겠다. 어쨌든 난 한동안 거짓말로 버틸 거야."

은진은 쟁반에 놓인 우유 컵을 들어 단숨에 마셨다. 은진의 입가에 둥그런 우유 수염이 생겨났다.

"수리야, 난 사실 이한한 팬덤 그렇게 싫지 않아."

"뭐? 왜? 챔프도 피해 많이 봤잖아."

이한한의 팬들이 팬 카페를 만들 때, 챔프의 팬 카페 디자인을 따라 한 것이나 챔프의 응원 문구를 자기들 것처럼 쓴 사건 등 당장 떠오르는 일만 해도 대여섯 개가 넘었다.

"그랬지. 그렇지만 말이야. 이한란 팬들, 대부분 60대 이상이 잖아. 지금 아이돌 팬들 사이에 암묵적으로 자리 잡은 룰을 알 리가 없는 연령대 분들이야. 나도 덕질 초반엔 실수 많이 했어."

"그야… 그건 나도 그랬지만."

"매년 반이 바뀔 때마다, 반마다 나름의 규칙이 생기잖아. 분위기라고 해야 하나. 법으로 정해진 건 아닌데 누구 한 명이 어기면 다들 쟤 왜 저래, 이런 시선으로 보는 게 한두 개씩 있잖아. 나 중학교 2학년 때는 쉬는 시간에 책 읽고 있으면 욕먹었어. 그런데 3학년 되어서 반 바뀌니깐 아무렇지 않은 일이 되었지."

알고 있다. 그게 무엇인지. 나도 학기마다 반 분위기를 살피느라 전전긍긍했기에, 은진이 무엇을 말하는지 단번에 이해할 수 있었다. 비공식적인 룰. 그건 때론 교칙보다 중요하다. 그 룰을 눈치채지 못하면 1년 내내 이곳저곳 헤매는 표류선이 될 수도 있다.

"학원도 말이야. 비보 말고 다른 아이돌 좋아하면 친구로 인정해 주지 않는다는 거, 이상하잖아. 하지만 나영이가 그런 분위기를 형성했고, 어느 순간 규칙이 되어버린 거겠지. 그래서 그런 생각이 들었어. 룰을 정하는 건 누구인지. 그 룰을 어긴 게 일방적인 잘못이라고 할 수 있는지. 룰이라는 게 반드시 정의인지."

"그건…. 하지만 이한란의 팬들은 불법적인 방법까지 쓰잖아."

은진이 입가에 묻은 우유를 손등으로 문질러 닦았다.

"그거, 아이돌 팬들 중에도 쓰는 사람 꽤 있어. 몰래몰래 안 쓰는 척하는 거야. 이한한 팬들은 인증샷까지 올리고 그러는 거 보면, 그게 부정투표란 걸 모르는 것 같아."

"거짓말. 아이돌 팬들도 프로그램 써서 투표를 한다고? 나영이가… 영비걸이 그랬어. 그런 짓 하는 건 이한한 팬들뿐이라고."

은진이 고개를 갸웃거렸다.

"아닌데. 내가 아이돌 덕질 한두 해 하니."

반박하고 싶었다. 아니라고. 이한한의 팬덤은 나쁘다고. 공공의 적이라고. 옳지 않다고. 이상할 정도로 반박하고 싶었다. 이젠영 비스킷 걸이 나영이란 것을, 나영이 한 말이 전부 사실이 아니란 걸 아는데도 그랬다.

"뭐, 어쨌든. 난 이한한의 팬들도 시간이 지나면 괜찮아지지 않을까 싶어. 무엇보다 할머니가 이한한 덕질하면서 즐거워하니깐, 그걸로 됐어."

은진이 내게 우유 컵을 건넸다. 나는 왜 은진처럼 엄마의 즐거움에 기뻐하지 못하는 걸까. 은진의 말이 우유에 녹아 들어간 듯 썼다.

우유를 다 마시자 졸음이 몰려왔다. 피곤한 하루였다. 나는 다시 침대에 드러누웠다. 눈꺼풀이 스르륵 내려앉았다. "야, 한수리. 자? 씻고 자. 한수리…." 은진의 목소리가 아득하게 멀어졌다.

아주 잠깐 잠들었던 듯한데, 눈을 뜨니 아침이었다. 방 밖에서 된장국 냄새가 흘러들어 왔다. 내 옆에 누운 은진은 아직 잠든 채였다. 나는 조심스럽게 침대에서 내려가, 책상 위에 올려둔 휴대전화를 집어 들었다. 엄마에게서 메시지가 와 있었다.

   : 엄마가 졌어.

   이겼다. 그토록 바랐던 승리였다. 하지만 왜인지 그다지 기쁘지가 않았다.

08. 믿고 맊은 마음

〈덕후의 방〉 첫 화는 무사히 방영되었다. 예정대로 이한한 덕후의 방 소개였지만 주인공은 엄마가 아닌, 다른 사람이었다.

[제가 갱년기가 50대 후반에 왔어요. 신체적인 증상은 약으로 다스렸는데 마음이 쉽지가 않더라고요. 살아서 뭐 하나 이런 감정이 들었을 땐 얼마나 무섭던지. 그때 이한한의 노래가 나를 구했죠. 왜인지 모르겠어요. 그냥 노래를 듣는데 눈물이 나더라고요.]

'이한한 덕후'로 출연한 아줌마의 표정이 낯설지 않았다. 그건 비보의 이야기를 할 때의 내 표정이었고, 챔프의 이야기를 할 때의 은진의 표정이었다. 영상 아래 댓글을 눌러보았다.

: 공감이 가네요. 나도 퇴직 후에 갈 곳도 없고 가족들하고 말도 안 통

하고 해서 힘들었는데 이한한 노래에 속이 뻥 뚫려서 팬 됐어요.

: 팬끼리 친구처럼 지내니 외롭지가 않아 좋아요.

: 난 이한한 팬은 아닌데 공감. 나도 진짜 힘들었을 때 덕질 시작함. 친구들은 뭐 그런 걸 좋아하냐고 하는데 덕질 안 했으면 그때 죽었을 듯.

내가 걱정했던 악플도 있었지만, 공감한다는 내용의 댓글이 더 많았다. 이한한의 팬이 아닌 다른 연예인의 팬이라는 사람들의 댓글도 간혹 눈에 띄었다. 누구든 입덕 계기는 비슷한 모양이다.

딱 하루뿐이었던 가출 같지 않은 가출이 끝나고 집으로 돌아간 후, 엄마는 아무 일 없었다는 듯 나를 대했다. 더 이상 나를 무시하지도 않았고 소리를 지르지도 않았다. 기상 송으로 이한한의 노래가 울려 퍼지는 일도 사라졌다. 거실에는 여전히 이한한의 사진이 놓여 있지만 현관에 붙어 있던 브로마이드는 떼어 냈다. 동시에 엄마의 얼굴에서 웃음도 사라졌다. 엄마는 작정이라도 한 듯 웃지 않았다. 아빠가 농담을 해도, 내가 큰마음 먹고 장미꽃을 사 갔을 때도 그랬다. 엄마는 집에 있는 시간 대부분을 굳은 표정으로 노트북만 들여다보며 지냈다. 노트북을 볼 때도 일이라도 하듯 굳은 표정은 풀지 않았다.

나는 엄마가 무언의 항의를 하고 있다 여겼다. 나 때문에 방송 출연을 포기한 일에 대한 항의. 그게 아니면 엄마가 꽃을 보고도 웃지 않을 리가 없었다. 엄마는 길을 걷다가 담장에 핀 꽃만 봐도 함박웃음을 지으며 기뻐하는 사람이었다.

"…치사해. 차라리 대놓고 화를 내지."

혼잣말을 중얼거리며, 옆에 뜬 관련 영상을 하나 더 클릭하려 할 때였다.

"수리 넌 뭐 그런 걸 보고 있어?"

등 뒤에서 나영의 목소리가 날아들었다. 나는 얼른 휴대전화를 손바닥으로 덮었다. 나영이 카페 문 쪽에서 걸어와 내 맞은편 자리에 앉았다. 약속 시간은 11시. 지금은 11시 20분. 명백한 지각이었지만 나영은 사과 한마디 하지 않았다. 살짝 빈정이 상했지만 내색은 하지 않았다. 오늘은 오레오의 생일 카페를 위해 모인 거니깐.

"〈덕후의 방〉이지? 수리 네가 보고 있던 거. 그 프로 진짜 별로더라."

"그래? 난 괜찮던데."

"괜찮기는. 첫 타자가 이한한인 것부터 별로야. 어른들이 덕후가 뭔지 알기나 해? 그 단어 처음 들어봤을 것 같은 할머니들이 주루룩 나와서 떠드는데 웃기더라. 일부러 10대 팬 인터뷰 길게 딴 것도 속 보여. 젊은 팬도 있다고 어필하고 싶어서 아주 몸부림을 치던데? 하여간 줌마팬들 언플하는 거 짜증 나."

줌마팬. 아줌마 팬. 나는 아이돌 팬들 사이에서 '아줌마'가 좋지 않은 뜻으로 쓰인다는 걸 얼마 전에야 알았다. 그러니깐 그건, 진짜로 상대가 아줌마일 때에 쓰는 말이 아니다. '룰도 잘 모르면서 설치기만 하는 눈치 없는 민폐쟁이'의 줄임말 같은 거다. SNS

에서 아이돌 팬끼리 말싸움이 벌어지면 누군가는 반드시 상대를 '줌마팬'이라고 빈정거렸다. 상대가 진짜 아줌마인지 아닌지는 중요하지 않다. 그 말을 들었을 때 상대가 기분 나빠할 걸 아니깐, 욕처럼 쓰는 거다.

"…우리 오늘 할 거 많다고 했지?"

나영이 엄마를 '줌마팬'이라고 부른 것만 같아 기분이 나빴다. 나영은 엄마가 이한한의 팬인 줄 모른다. 그러니깐 나영은 이한한의 팬을 욕한 거지, 엄마를 욕한 게 아니다. 애써 그렇게 생각하며 말을 돌렸다.

"맞아. 카페 계약은 무사히 했는데 준비해야 할 게 진짜 많더라고. 쿠키 님하고 오븐 님은 인쇄랑 예약이랑 재고 관리 등 큼직한 걸 맡고, 나는 카페 디스플레이랑 특전 포장을 책임지기로 했어."

나영이 가방에서 수첩을 꺼내 내게 건넸다. 디스플레이용 사진 출력하기, 풍선 장식, 특전 포장 등 해야 할 일의 목록은 끝도 없이 길었다.

"이걸 어떻게 혼자서 다 해? 게다가 곧 중간고사 기간이잖아."

"그러니깐 수리 너한테 함께하자고 한 거지. 그런데 수리야."

나영이 내 이름을 부르는 목소리에 살짝 콧소리가 섞였다. 나영이 친구들에게 무언가 부탁할 때면 내는 목소리였다.

"네가 생일 카페 도와주는 거 말이야. 일단은 비밀로 하자."

"비밀? 왜?"

"그게…. 이거 내가 단독으로 주최하는 게 아니잖아. 그래서 내 사정 때문에 주최진한테 한 명 더 추가해 달라고 하기가 좀 그래. 생카 열면 사람들한테 문의 메시지도 오고 그럴 텐데, 괜히 수리 네 아이디까지 공지에 표기했다가 공지 사항 꼬일 수도 있고, 수리 너도 귀찮을 거고."

"나도 주최진에 이름 올릴 생각은 없었어. 협력이나…."

"협력은 디자인하고 그림 도와주는 분들만 표기하기로 했어. 잡일까지 표기하긴 좀."

나영이 내 말허리를 싹둑 잘랐다.

"…알았어. 협력 표기 안 해줘도 돼. 그럼 내 SNS에 영비걸 도와준다고 올리는 건 괜찮지?"

"안 되지! 그럼 비밀이 아닌 게 되잖아."

나영이 정색을 하며 양팔을 교차시켜 'X'자를 만들어 보였다.

"그건 왜 안 돼?"

"학교랑 학원 친구들 중에도 내가 영비걸이라고 아는 거 몇 명뿐이야. 개네한테도 영비걸 태그하거나 나랑 같이 한 거 올리지 말아달라고 부탁했고. 영비걸 계정, 팔로워 좀 많잖아. 그래서 별거 아닌 걸로도 공격당한단 말이야. 네가 영비걸 언급하면서 그런 글 올려봐. 그럼 영비걸이 인기 없는 계정 하나 잡아서 시녀처럼 부린다 어쩐다 시비 거는 사람 분명히 생길 거야. 너, 나 욕먹이고 싶어? 네임드가 괜히 네임드끼리 어울리는 게 아냐. 급이 맞는 계정끼리 놀아야 욕 덜 먹으니깐 그럴 수밖에 없는 거라고."

서운했다. 그러면 내가 오레오의 생일 카페 개최에 힘을 보탰다는 흔적이 어디에도 남지 않는다. 나는 나영에게 수첩을 돌려주었다.

"그럼 난 안 할래."

"뭐? 안 한다고?"

나영의 말끝이 뾰족해졌다.

"수리 너 그렇게 안 봤는데 진짜 이기적이다. 비보의 생카를 성공시키는 것보다 중요한 게 있어? 넌 네가 했다고 자랑하는 게 더 중요하다는 거지?"

나영이 내 손에서 거칠게 수첩을 낚아채 갔다.

"뭐? 아냐. 그런 게 아니라."

"아니긴 뭐가 아냐? 너 비보 좋아한다는 것도 거짓말이지. 학원 애들한테도 다 말할 거야. 네가 어떤 애인지."

덜컥 겁이 났다. 학원 애들이 은진을 떠밀고 깔깔거리며 웃던 모습이 떠올랐다. 나영의 한마디로 이번에는 내가 타깃이 될 수도 있었다. 내가 비보를 좋아하는 건 진짜라고 아무리 외쳐도 아이들이 믿어줄까? 은진은 지금도 학원에서는 비보를 좋아하는 척을 하고 있다. 은진의 거짓말이 금방 들통나지 않을까 조마조마했지만 놀라울 정도로 누구도 알아차리지 못했다. 누군가를 좋아하는 마음을 온전히 드러내 보이기란 너무나 어려운데도, 들뜬 목소리와 맞장구를 치는 타이밍만으로 좋아하는 마음을 꾸며내는 게 가능한 아이러니란. 어쩌면 누군가는 은진의 거짓말을 눈치챘을지도 모른다. 단지 나영의 눈치를 보느라 가만히 있는 것뿐인지도. 나영이 은진을 비보의 팬으로 인정한 이상, 모두가 은진을 동료로 대할 것이다. 그 말인즉, 나영이 인정하지 않으면 금세 그룹에서 튕겨져 나가게 됨을 뜻했다.

"아냐! 내가 비보를 얼마나 좋아하는지 나영이 너도 잘 알잖아."

나는 다급히 변명 아닌 변명을 했다.

"나도 그렇다고 믿었어. 그러니깐 나랑 더 친한 애들도 있는데 너한테 같이 하자고 했던 거야."

나영이 한숨을 내쉬며 의자 등받이에 몸을 기댔다.

"그런데 넌 비밀 좀 지켜달라고 했다고 도와주지 않겠다니. 실망이야."

"아니. 그런 게 아니라…."

내가 잘못한 건 없다. 아무리 되짚어 봐도 나는 잘못하지 않았다. 하지만 나영의 실망 가득한 얼굴을 마주하고 있자니 무언가 잘못한 것만 같았다.

"…미안해."

결국 나는 나영에게 사과를 했다. 나영은 대답 없이 컵에 남아 있던 얼음을 하나 집어 으드득 깨물어 먹었다. 나영의 입안에서 으깨지는 게 얼음이 아닌 나인 것만 같았다.

"그래. 한 번은 용서해 줄게."

얼음을 모두 먹고 난 후, 나영은 생긋 웃었다.

"우린 친구니깐. 그렇지, 수리야?"

이건 모두 오레오의 생일 카페 성공을 위한 일이야. 나는 고개를 끄덕이며 애써 그렇게 생각했다. 따돌림이 무서워서 나영의 눈치를 본 게 아니라고 말이다. 하지만 나영에게 마주 웃어 보이는 입가에는 경련이 일었다.

나영과 있는 게 더 이상 즐겁지 않다.

불쑥 그런 마음이 치솟았다.

*

"한수리! 왜 너 혼자 한밤중이냐. 일어나!"

영어 선생님의 고함이 나를 깨웠다. 꾸벅꾸벅 졸고 있던 나는 화들짝 놀라 허리를 펴고 앉았다.

"이다음이 점심시간이니 다들 조금만 더 견뎌라."

아이들의 웃음소리가 잠시간 교실 안을 채웠다. 애써 칠판을 바라봤지만 계속해서 눈이 감겼다. 수업이 끝나자마자 책상에 쓰러지듯이 엎드렸다. 얕은 잠에서 허우적거리는 중에도 배는 고팠다. 밥 먹어야 하는데. 하지만 급식실에 가긴 귀찮은데. 잠이냐, 밥이냐. 고민하는 내 어깨를 누군가 툭툭 쳤다. 엎드린 채 고개만 들어 앞을 봤다.

"너 요즘 왜 계속 졸아? 어디 아파?"

은진이었다. 은진이 내 앞자리에 앉으며 빵과 우유를 책상에 내려놓았다. 부스스 몸을 일으켜 앉았다. 나와 은진은 함께 빵 봉지를 뜯었다.

"아냐. 아픈 게 아니라…."

걱정스러워하는 은진의 얼굴을 보자 비밀을 털어놓고 싶은 충동이 치솟았다. 지난 사흘간 내가 왜 제대로 잘 수가 없었는지, 그 이유를 말이다. 은진은 비보의 팬이 아니니 말해도 괜찮지 않을까. 무엇보다 은진은 내 친구니깐. 나는 빵을 한입 크게 베어 물며 고민했다.

"아픈 거 아닌데 왜 그래? 학원에서도 졸더니. 혹시 밤새서 공부해? 중간고사 대비?"

그러고 보니 중간고사가 열흘 정도밖에 남지 않았다. 엎친 데 덮친 격이다.

"난 미치겠어. 고등학생 되고 첫 시험이니깐 잘 봐야 한다고 할머니가 진짜 들들 볶아. 갑자기 왜 그러는지 모르겠어. 고등학생 됐다고 중학교 때 공부 못했던 애가 갑자기 잘하게 될 리가 없잖아. 수리 너는? 너희 부모님은 뭐라고 안 하셔?"

"우리 부모님 원래 방임주의야."

그런 아빠조차 어제 저녁에는 나한테 혹시 용돈이 부족한 거냐고, 용돈 더 줄 테니 그런 거 할 시간에 공부를 하라고 잔소리를 했다. 나 같아도, 딸이 100개도 넘는 플라스틱 병에 스티커를 붙이고 있는 걸 보면 질겁했을 거다.

"우리 할머니도 원래 그랬는데 왜 저러지. 수리야, 우리 이번 주

주말에 같이 도서관 가자. 나 혼자 가면 자꾸 탈주한단 말이야."

"나, 주말에 약속 있어."

"누구랑? 뭐야, 수상해. 한수리."

은진이 가느다랗게 눈을 뜨고 나를 봤다.

"수상하기는…."

"혹시 남친 생겼어? 아니면 썸?"

썸처럼 두근거리는 비밀이라면 얼마나 좋을까. 노래 가사처럼 설레는 마음에 잠 못 드는 건 낭만이라도 있지. 나는 고개를 가로저으며 남은 빵을 신경질적으로 입안에 밀어 넣었다.

사흘간 수면 부족에 시달린 진짜 이유는 나영이 부탁한 일 때문이었다. 나영이 내게 부탁한 일 목록은 이렇다. 플라스틱 음료수 병 200개에 스티커 붙이기. 포토 카드 칼로 잘라서 포장하기, 이벤트 뽑기용 당첨 쪽지 300개 딱지 모양으로 접기. 나영은 매일 학원이 끝나면 나를 지하철로 데려가, 지하철 물건 보관함에서 커다란 쇼핑백을 꺼내 떠안겼다. "내일까지 다 끝내서 줘야 해. 알았지?"라며 웃는 나영이 너무나 얄미웠다. 그래도 이건 오레오를 위한 일이야. 그렇게 자기 암시를 걸며 꾸역꾸역 밤을 새워서 맡은 일을 했다. 학원 숙제는커녕 학교 수행평가를 할 시간도 없었다. 다시 한번 말하지만 나는 소심하다. 소심하기에 적당한 성적을 유지하고 싶다. 수업 시간에 졸아서 지목받기도 싫고, 수행 평가를 제대로 하지 않는 학생으로 찍히고 싶지도 않다. 잠을 제대로 자지 못하는 것보다, 그로 인해 다른 일을 제대로 할 수 없는 게 더 스트레스가 되었다.

"참. 수리 너 이거 봤어? 비보 생일 카페 열린다더라."

은진이 보여준 건 쿠키 님의 계정에 올라온 공지였다. '비보의 첫 생일 카페! 우리의 리더. 오레오를 축하해 주세요.' 멋지게 디자인된 포스터 한쪽에 자리 잡은 주최 및 협력자 표시란에 유독 눈길이 갔다. 그곳에는 나영의 계정 '영 비스킷 걸'이 당당하게 적혀 있었다.

"…알아."

"중간고사 끝나고 바로네. 같이 갈까? 어, 뭐야. 이거 나영이도 주최네? 웬일로 이걸 학원에서 떠들지를 않았지? 아니면 다른 영비걸이 있나?"

아니야, 그거 나영이 맞아, 하고 말하려다 그만뒀다. 대신 있는 힘껏 우유에 빨대를 꽂아 넣었다. 빨대는 종이를 뚫지 못했다. 조준 실패다.

"뭐야. 맞네. 나영이. 계정에는 자랑 글 엄청 써놨네. 하긴, 이걸 혼자서 다 했으면 자랑할 만도 하다."

은진이 휴대전화를 보며 감탄했다. 다시 한번 빨대를 우유갑에 꽂아 넣었다. 이번에도 빨대는 종이를 뚫지 못하고 튕겨져 나왔다.

"뭘 다 했는데?"

나영이 시킨 일을 하느라 며칠간 SNS도 보지 못했다.

"이거 봐. 이걸 나영이 혼자 다 했대."

은진이 보여준 '영 비스킷 걸' 계정에 수많은 플라스틱 병을 찍은 사진이 올라와 있었다. 오레오의 사진이 프린팅된, 둥그런 스티커가 붙은 병. 내가 무려 4시간 동안 작업한 그 병이었다. 사진도 내가 찍은 거였다. 한참 작업을 하고 있는데, 나영이 스티커를 맞게 붙였는지 궁금하다고 사진을 찍어서 보내달라고 했었다. 혹시 나영이도 집에서 작업을 했던가 싶어, 좀 더 유심히 사진을 들여다봤다. 하지만 병을 늘어놓은 바닥의 촌스러운 꽃무늬 장판과 사진 구석에 빠끔히 찍힌 토끼 인형까지, 사진은 아무리 봐도 내가 찍어 보낸 거였다. 나영은 내가 한 일을 자기가 한 것처럼 SNS에 올려서 생색을 내고 있었다. 혼자서 생카 준비를 다 했다는 듯이!

"아냐! 그거 나영이가 한 거!"

빨대가 내 손바닥 안에서 와락 우그러졌다. 은진이 무슨 소리냐는 듯 나를 봤다. 고민은 끝났다. 나는 은진에게 나영이 강요한 비밀을 털어놓았다.

"와. 박나영 진짜 대단하네."

내 이야기를 듣고 은진이 기가 막힌다는 듯 인상을 썼다.

"나영이 걔, 맨날 다른 애들한테 비보 좋아하는 거 진짜냐 아니냐 따지잖아. 그런데 내가 보기엔 걔야말로 비보 이용하는 거 같아. 이번에 수리 네가 도와주는 거 비밀로 해달라고 한 거, 결국엔 이러려고 한 거잖아. 자기 혼자 다 한 척 관심 받으려고. 이거 봐. 댓글 달린 거. 전부 다 영비걸 대단하단 반응이잖아."

"그래도 설마, 나영이가 처음부터 작정하고 그랬을까?"

"이런 일까지 당하고 박나영 편을 들어, 넌?"

"편드는 건 아니야."

"봐봐. 여기. 같은 주최자인 쿠키도 글 남겼잖아. '영비걸 님이 이걸 혼자 다 하다니 미안해서 어쩌죠'라고. 이게 무슨 뜻인지 모르겠어? 다른 주최자들도 수리 네가 했단 걸 모르는 거야. 수리 네 존재 자체를 모른다고. 나영이 말대로 공지가 꼬일까 봐 네 계정을 표기하지 않을 순 있어. 그래도 다른 주최자들에게 네가 도와준다는 걸 밝히지 않을 이유가 뭐가 있어? 오히려 원활하게 진행하려면 주최자 중 누구에게든 네 연락처 알려줘야지. 특전이 갑자기 추가되거나 포장을 바로 바꾸어야 하거나 하는 일이 벌어지면, 그것도 네가 할 거 아냐. 그럴 때 나영이 통하는 것보다 너에게 직접 연락하는 게 대처가 빠르지."

은진이 열변을 토했다. 나는 쿠키 님이 남긴 댓글을 한참이나 들여다봤다. '고마워요'라는 그 말. 그 말은 나의 몫이어야 했다.

"어느 팬덤에든 있어, 이런 애들. 연예인을 좋아해서 열심히 활동하다 보니 네임드가 된 게 아니라, 네임드를 목적으로 적당한 연예인 골라잡는 애들. 걔들은 연예인을 좋아하는 게 아냐. 연예인을 좋아하는 척해서 자기가 인기 얻는 걸 좋아하는 거지."

뜨끔했다. 나도 영비걸 계정이 팔로우했을 때 기뻤다. 혹시 나도 영비걸과 비보를 동일시했던 걸까? 나뿐만이 아니라, 학원에서 비보를 좋아하며 어울리는 다른 아이들도 그런 걸까? 그래서 나영이 하는 말이면 무엇이든 들어야 한다고 여기게 된 걸까? 나영이 학원의 분위기를 좌지우지하는 건, 정말 그 아이만의 힘일까? 생각이 꼬리에 꼬리를 물었다. 무엇 하나 속시원한 답을 찾을 수 없어 답답한 물음표들. 그중 가장 큰 물음표는 이것이었다.

나는 왜 아직도 나영을 믿고 싶은 걸까.

"아무리 그래도 그건 아니겠지. 인기 때문이면 비보 같은 신인이 아니라 챔프처럼 대형 그룹 팬 했겠지."

"뭘 모르네. 이미 유명한 연예인은 레드오션이라 웬만해선 네임드 못 돼. 해외 공연까지 다 따라가는 홈마쯤 되어야 한다고. 그래서 일부러 신인만 골라서 좋아하는 애들도 있어."

"그래도…."

"한수리. 너 왜 이렇게 박나영 편을 들어? 나 모르는 사이에 둘이 절친 됐어?"

은진이 답답하다는 듯 나를 다그쳤다.

"절친은 무슨. 나 박나영 별로야."

나는 깜짝 놀라서 손을 내저었다.

"그런데 왜 그래?"

"모르겠어. 그냥. 마음이 복잡해."

나는 우유를 뜯어 벌컥벌컥 마셨다.

왜냐고?

왜일까. 제아무리 거짓말쟁이라도 누군가를 좋아하는 마음만은 진짜라고 믿고 싶은 건. 그 마음을 의심했다가는, 내 마음까지

믿을 수 없게 되어버릴 것 같아서.
아마도, 그게 이유다.

09. 나영과 영비걸

중간고사 첫날, 우울이 먹구름처럼 몰려왔다.
"망쳤어. 완전히."
은진도 나와 별반 다르지 않은 표정이었다.
"수리야, 오늘 학원 갈 거야?"
"고민 중이야. 학원 특강, 우리랑 진도 안 맞잖아."
"내 말이. 천재고 진도에 맞추어져 있어서 좀 그래. 특강도 오늘부터 시작이잖아. 천재고는 우리보다 시험 기간 일주일 늦으니깐. 이미 국어 시험 끝났는데 국어 특강이 무슨 필요냐고."
"K학원은 우리 학교 진도대로 한다던데."
나와 은진은 터덜터덜 운동장을 가로질렀다.
"등록 끝나면 학원 옮길까 봐."
"그렇게 말해도 또 할인해 준다고 하면 망설일 거면서."

"아냐. 이번 일로 교훈을 얻었어."

은진이 과장되게 어깨를 으쓱해 보였다.

"학원비 빼돌린 걸로 앨범을 사도 팬싸 당첨은 되지 않는다!"

은진은 학원비를 할인받아 앨범 열두 장을 샀지만 결국 팬 사인회에 당첨되지 않았다. 챔프는 원래 사인회 경쟁률이 높기로 유명하니 이상한 일은 아니었다.

"옳지 않은 방법을 써서 감히 오빠들을 만나려 해봤자 하늘이 도와주지 않는다는 거지. 오히려 업보가 쌓인 거 같아."

"뭐래. 웬 업보."

"할머니가 그랬어. 정정당당하지 않은 방법으로 일확천금을 얻으려 하면 업보가 쌓여서 좋지 않은 일이 생긴다고."

"좋지 않은 일?"

은진과 시답지 않은 수다를 떨며 교문을 나서는데 주머니 속 휴대전화가 짧게 울렸다.

"박나영 같은 돌아이랑 엮인 거."

휴대전화를 꺼내 확인했다. 나영에게서 '지금 만나자. 당장, 얼른 와줘!'라는 메시지가 와 있었다. 얼른 휴대전화를 다시 주머니에 집어넣었다. 영비걸 계정에 내가 찍은 사진이 도용된 후, 은진은 나영에게 적대적인 태도를 숨기지 않게 되었다. 그 전에는 학원 밖에서는 나영을 화제에 올리는 거 자체를 꺼리는 편이었는데, 그날 이후로는 툭하면 나영에 대해 빈정거렸다. 그런 은진에게, 내가 여전히 생일 카페를 돕고 있다는 걸 들키고 싶지 않았다.

뜬금없이 지금 만나자니, 뭘까. 나영에게서 온 메시지가 신경 쓰여서 은진의 말이 귀에 들어오지 않았다. 박나영 자기는 시험 기간 아니라 이거지. 내 일정 따윈 신경 쓰지 않는 듯한 나영의 태도에 속이 부글부글 끓다가 무언가 뚝 끊어졌다. 그동안 쌓인 불만에 시험을 망친 속상함이 불을 붙였다. 나는 주먹을 꽉 움켜쥐었다.

"그만둘래."

그건 툭 튀어나온 본심이자 결심이었다.

"그래. 학원 옮기자니깐."

학원을 그만두는 게 아니라, 나영과의 관계를 그만둔다는 거야. 은진에게 굳이 말하진 않았다. 말했다간 결심이 옅어질 것만 같았다. 나는 은진과 헤어져 건널목에 섰다. 신호등의 색이 두 번이나 바뀌는 동안, 휴대전화를 붙잡고 고민했다. 그러다 굳게 마음먹고 휴대전화 자판을 꾹꾹 눌렀다.

쇠뿔도 마음먹었을 때, 단번에 빼야 하는 법이다.

: 그래, 갈게. 어딘데?

나영을 만나서 더 이상 생일 카페 준비를 돕지 않겠다고 말할 거다. 메시지를 보내고 고개를 들어 앞을 보니 신호등이 빨간색으로 바뀌어 있었다.

*

"인쇄소에 주문이 잘못 들어갔나 봐. 날짜 맞춰서 카페로 보내 달라고 했는데, 오늘 물건이 나왔다고 보관 못 해주니깐 가져가야 한다고 하잖아. 퀵으로 부쳐달라고 할까 고민도 했는데, 이거 제일 크고 비싼 거거든. 직접 가져와야 마음이 편하겠더라고."

나는 정말로 호구가 아닐까. 커다란 패널의 한쪽을 들고 자괴감에 빠졌다. 나영에게 생일 카페 준비를 돕지 않겠다는 선언을 하러 만나러 갔는데, 결국 나영의 집까지 패널 옮기는 걸 돕고 있다. 하지만 정말 어쩔 수가 없었다. 약속 장소에 갔더니 나영이 박스와 신문지로 뒤덮인 자기 신장을 넘어선 커다란 짐을 간신히 들고 있었다. 생일 카페에서 사용할 오레오 전신 패널이라고 했다. 그걸 들고 버스를 탈 수도 없어서 한 정거장을 걸어왔다는 나영의 이마는 땀범벅이었다. 전생의 원수가 아닌 이상 도와줄게, 소리가 절로 나오는 모습이었다.

"그래서 조퇴까지 했다니, 너도 참 대단하다."

"우리 학교도 이번 주에 시험 기간이면 좋았을 텐데. 그럼 오후 시간 다 카페 꾸미는 데 쓸 수 있었을 거야. 하여간 똥통 학교가 타이밍도 못 맞춰."

나영이 투덜거리며 현관 키패드의 비밀번호를 누르자 삑 소리와 함께 현관문이 열렸다. 나와 나영은 패널을 가로로 함께 들고 집 안으로 들어갔다.

"네 이놈, 네 죄를 알렷다!"

집 안으로 들어서자마자 호통이 날아 들어왔다. 깜짝 놀라서 제자리에 얼어붙었다. 나영이 인상을 쓰며 손가락으로 거실 쪽을 가리켰다.

"신경 쓰지 마. 저거야, 저거."

거실에 놓인 커다란 텔레비전에 드라마가 나오고 있었다. 소파에 누군가 드러누워 텔레비전을 보고 있었는데, 나영과 내가 들어온 걸 모르는지 꼼짝도 하지 않았다. 텔레비전 음량이 워낙 커서, 현관문 여는 소리가 파묻혔을 만도 했다. 내가 들었던 호통은 드라마 대사였다.

"누구야?"

"오빠. 대학교 7년째 다니고 있는 백수. 이쪽이야. 내 방."

나영의 방은 현관 바로 앞, 화장실 옆이었다. 일단 패널을 방문 옆에 내려놓아야 문을 열 수 있을 듯해 함께 패널을 붙잡고 세우는데, 무언가 허공을 가르고 날아와 나영의 뒤통수를 때렸다. 바닥에 떨어진 것은 숟가락이었다.

"너, 왜 이 시간에 기어들어 와? 그건 또 뭐고!"

숟가락을 던진 건 부엌에서 거실로 나오던 여자였다. 여자는 손에 냄비를 들고 있었다. 냄비에서 풍기는 매콤한 라면 냄새가 코를 파고들었다.

"오늘 학교 공사해서 단축 수업이야. 엄마는 알지도 못하면서!"

나영이 뒤통수를 어루만지며 질세라 목소리를 높였다.

"진짜야?"

그 여자, 나영의 엄마가 의심스러운 눈빛으로 나를 위아래로 훑어봤다.

"그러니깐 친구도 같이 왔지. 우리 다음 주부터 시험이라 도서관 갈 거야."

내가 다니는 인현고와 나영이 다니는 천재고의 교복은 얼핏 봐도 같은 학교라고 착각할 수 없게 디자인이 다르다. 지금 나영이 생활복을 입고 있어서 나란히 비교할 수 없다 해도, 어머니가 딸의 교복을 모를 리가 없다. 거짓말이 들키겠구나 싶어 어깨를 움츠렸다.

"퍽이나. 보나 마나 노래방 같은 데나 가겠지. 야, 너 쟤가 얼마나 답이 없는 앤줄 알고 같이 다니냐? 내 딸이지만 쟨 글렀어. 중학교 때도 반에서 10등 안에도 들지를 못했다니까. 누굴 닮아서 머리가 저렇게 나쁜지, 원. 오빠가 명문대에 척하니 붙은 거 보고 부끄럽지도 않나."

하지만 여자는 내가 입고 있는 게 나영의 학교 교복이 아니란 걸 눈치채지 못한 듯했다. 게다가 여자의 입에서 쏟아지는 말들은 어머니가 딸에게 하는 것이라곤 믿기 힘들 정도로 부정적이었다.

"뭐가 부끄러워? 난 대학 안 가도 돈 잘 벌고 살 자신 있어."

"그 같잖은 영상 몇 개 올려서 돈 벌어 먹고살 수 있을 것 같아? 꿈 깨."

"용돈 한 푼도 안 주면서! 나 그걸로 돈 벌어서 쓰고 있거든?"

"그깟 푼돈. 야, 이한한처럼 경연 대회 나가서 우승으로 1억쯤 떡하니 벌어 올 거 아니면 잘난 척하지 마."

"이한한 이야기 좀 그만해! 걔가 엄마 자식이야?"

"그랬으면 좋겠다. 이한한 같은 아들이 한 명 더 있었으면 얼마나 좋았겠어. 걔처럼 재능이 있어야 연예인 되는 거야. 이쁜 척하면서 돈 몇 푼 버는 거, 서른 살, 마흔 살 돼서도 그럴 수 있을 것 같아? 재능이 없으면 오빠처럼 번듯한 대학 가서 취직하는 게 제일이야."

"오빠는 자기 용돈도 못 벌잖아!"

"공부하느라 바빠서 그렇지. 어휴. 저건 또 뭐야. 하여간 공부는 안 하고 저런 쓸모없는 거나 이고 지고 나르고…. 진짜 다른 사람 보기 창피하다니까."

계속해서 꼬리를 잡고 이어지던 말싸움을 끝낸 건 소파에서 솟아오른 손이었다.

"엄마, 라면 다 불어. 빨리 줘."

손이 허공을 휘젓자 여자는 말을 멈추고 거실 한가운데로 바쁘게 걸어갔다.

"미안. 나혁아, 엄마가 쓸데없는 데 정신이 팔렸네."

소파가 들썩거렸다. 나영이 나지막하게 내뱉은 "짜증 나"라는 말은 받아주는 이 없이 바닥에 떨어져 뒹굴었다. 나영이 내게 들어가자는 듯 눈짓을 했다. 나와 나영은 패널을 들고 방 안으로 들어갔다. 나영은 패널을 방 한쪽에 놓자마자 문을 걸어 잠갔다.
"너, 엄마랑 싸웠어?"
나영은 잠시간 내게서 등을 돌리고 서서 패널만 만지작거렸다. 그러다 뒤돌아보더니, 아무렇지 않다는 듯이 어깨를 으쓱였다.
"아니. 원래 저래. 난 엄마에게 필요 없는 애거든. 우리 엄마 성적 지상주의야. 공부 잘하는 오빠만 필요하대."
집이니깐 갈 곳이 없지. 내게 보냈던 나영의 메시지가 떠올랐다.
"그보다 어때, 내 방? 완벽하지?"
나영의 방은 '비보 월드'였다. 어디로 눈을 돌려도 비보가 가득한 세상. 나영은 책장에서 포카 바인더를 꺼내 자랑스럽게 펼쳐 보였다.
"이것 봐. 내 보물 1호. 희귀 포카까지 다 모았어."
"대단하다. 저것도 포카 바인더야?"
아무 일도 없었다는 듯이 쾌활하게 떠드는 나영의 태도에 맞춰주고 싶었다. 나는 한층 들뜬 척 책장에 꽂힌 다른 바인더를 뽑아 들었다. 툭, 바인더 표지에 꽂혀 있던 사진이 아래로 떨어졌다. 나는 허리를 숙여 사진을 주웠다.
"미안. 어, 이건 비보가 아니네. 챔프?"
은진이를 통해 눈에 익은 챔프의 멤버가 찍힌 사진이었다. 직접 찍어 인화한 듯한 사진에는 나영이 챔프 멤버 옆에 서서 수줍은 듯 웃고 있었다.

"아, 그거? 나 예전에 챔프 덕질했거든."

나영이 패널의 곁을 감싼 박스의 끈을 가위로 자르며 답했다.

"정말? 언제?"

"챔프 데뷔 초반에."

그런데 왜 은진이한테 그렇게까지 했어? 그런 말이 튀어나오려는 걸 꾹 참았다. 박스가 바닥에 널브러졌다. 나영은 콧노래를 흥얼거리며 박스 안에 한 겹 더 감싼 신문지를 조심스럽게 벗겨냈다.

"챔프, 초반에 좋았지. 걔네 데뷔 싱글 망했잖아. 그래서 사인회 당첨도 쉬웠어. 공방 한두 번만 가도 멤버들이 다 아는 척해주고. 그런데 두 번째 싱글이 확 떴잖아. 그때부터 팬 카페에 글 남겨도 답장도 안 해주더라. 완전 건방져졌어. 그래서 덕질 끝냈지."

"고작 그런 이유로? 연예인들이 팬을 어떻게 한 명 한 명 다 챙겨?"

"그러니깐 네임드가 되어야지. 챔프 덕질할 땐 내가 좀 요령이 없었어. 그 뒤에 몇 그룹 거치면서 시행착오 좀 겪었어. 뭐, 공부한 셈 쳐야지."

신문지를 벗기던 나영의 손이 멈췄다.

"난 내가 좋아하는 사람의 세상에 확실하게 자리 잡고 싶어. 존재감 없는 수십만 명 중 한 명이 되고 싶진 않아"

패널을 향해 있던 나영이 나를 향해 돌아섰다.

"나 사실 엄청 외로워. 친구는 많지만, 걔네는 왠지 내가 팔로워 많고 하니깐 좋아해 주는 것만 같아. 그렇지만 넌 좀 다른 거 같거든. 그래서 자꾸 너한테 의지하게 되나 봐. 수리 네가 내 단점까지도 다 이해해 주는, 그런 친구가 되어주면 좋겠어."

단단히 말아 쥐었던 결심이 손가락 사이로 스르륵 빠져나갔다. 외롭다는 게 혼자 서서 점점 어두워지는 바깥을 바라보는 거라면, 나도 그 감정을 안다. 그래서 차마, 생일 카페를 더 이상 돕지 않겠다고 말할 수가 없었다.

내가 머뭇거리는 사이 나영은 패널의 포장을 다 벗겼다.

"짠! 멋있지? 카페에 가져가려면 또 고생 좀 해야겠지만."

비보 월드에 오레오가 등장했다. 오레오의 실제 신장에 맞추어 인쇄한 등신대 패널이었다.

"멋있다. 꼭 진짜 오레오 같아."

하지만 진짜는 아니다. 그 사실을 나도 알고, 나영도 안다. 그렇게 생각하니 문득, 커다란 패널을 소중하게 붙잡고 있는 나영의 모습이 서글프게 느껴졌다.

덕질은 필요한 것을 채워준다. 필요하지만 부족한 것. 당장 손에 넣을 수 없는 것. 그렇지만 그걸, 덕질로만 채우는 건 과연 어떨까. 그건 언젠가 진짜가 될 수 있을까?

*

상자에는 오레오의 캐릭터가 그려진 마카롱 두 개가 들어 있었다.

"그게 다야? 박나영이 보답이라고 준 게?"

은진이 음료를 빨대로 쭉 빨아올렸다. 못마땅한 기색이 역력했다.

"특전도 줬어. 원래 협력은 그 정도 받는 거라던데."

"박나영이 그 뒤에도 계정에 올린 사진 다 나영이 걔가 한 거 아니지?"

"…카페 디피 같은 건 걔가 한 게 맞아."

나도 함께하긴 했지만. 그 말은 하지 않았다. 어쨌든 오늘은 좋은 날이다. 중간고사가 끝난 날이자 오레오의 생일 카페 오픈 첫날이니깐. 은진은 박나영이 개최한 생일 카페엔 가고 싶지 않다고 투덜거렸지만 결국 나와 함께 와주었다. 나영은 내게, 카페에 선물을 맡겨두었으니 꼭 찾아가라고 몇 번이고 메시지를 보냈다. 카페 주인이 건넨 쇼핑백 안에는 생일 카페 특별 메뉴인 마카롱 두 개와 특전인 포토 카드 세트가 들어 있었다.

"우리 역시 학원 옮기자. 진도도 진도지만 박나영 보기 싫어."

"그래도 여름방학 전까지는 다녀야 하잖아."

"그게 문제야. 참, 나 챔프 팬들 단톡방에서 이상한 소문 들었어."

"소문?"

카페는 한가했다. 금요일 오후라 시험 기간인 학교가 아니고서야 10대 팬들은 오기 힘든 시간대였다. 그러니 굳이 목소리를 낮출 필요가 없는데도, 은진과 내 목소리가 동시에 잦아들었다.

"영 비스킷 걸. 챔프 팬 중에 나영이 계정을 주시하고 있는 사람들이 있더라고. 영비걸이 글 쓰는 방식이랑 그런 게, 이전에 아이돌 판에서 사기 치고 잠적한 '메메'라는 애랑 비슷하다고."

"사기?"

"응. 유명해. 메메가 챔프 초기 팬이었거든. 챔프가 첫 싱글 망하고 두 번째에서 대박 터진 케이스잖아. 나도 그때 입덕했어. 메메처럼 첫 곡 영상이랑 사진 풀어주는 계정 별로 없었거든. 그래서 다 엄청 떠받들어 줬어. 그런데…."

은진이 잠시 말을 멈추고 컵을 들어 남은 음료를 단숨에 마셨다.

"사진전 개최한다고, 입장권 팔고 튀었어. 계정 폭파! 정확하진 않아도 피해자가 한 100여 명쯤 됐을 거야. 소규모 사진전이라고 이틀간, 하루 50명씩 한정으로 신청받는다고 했던 거 기억나."

"너도 입금했어?"

"…어, 했어. 1만 5,000원."

은진은 다시 생각해도 분하다는 듯 이를 갈았다. 메메의 계정이 폭파되고, 피해자들은 우왕좌왕했다. 사기를 당한 팬들은 모두 10대였고, 신고를 할 방법도 잘 알지 못했다. 결국 사건은 유야무야 묻혔다. 그리고 1년 뒤, 데뷔한 지 4개월이 된 신인 아이돌 그룹에서 비슷한 사기 사건이 벌어졌다. 피해 금액도, 결국 신고

하지 못하고 끝난 것도 똑같았다. 2개월 뒤에 또다시 다른 신인 그룹의 팬덤에서 비슷한 사건이 벌어졌다. 그때는 멤버의 캐릭터 인형을 '공구'한다며 입금을 받고 계정을 폭파했다. 그런 사기 사건이 3년여간 아이돌 팬덤 곳곳에서 연이어 일어났다.

"그래서 한동안 아이돌 팬덤 사이에서 중고 거래할 때도 웬만하면 직거래하고, 팬이 만든 굿즈는 사지 말고, 사진전 같은 것도 무조건 의심해 봐야 한다고 주의 사항 돌았어."

"다 다른 그룹에서 일어난 일이면, 사기꾼이 여러 명인 거 아냐?"

"동일범으로 추측하는 사람이 많았어. 수법이 비슷했거든. 인기 생길락 말락 하는 신인 그룹 팬덤 대상으로 하고, 계정이 엄청 커지기 전에 사기 치고 폭파하고, 금액은 꼭 100만 원 언저리에 피해자는 다 미성년자."

"그래도 설마 그게 나영이일까? 3년 전이면 우리 중학교 1학년이잖아."

나와 동갑인 여자아이가, 지금보다도 어렸을 적에 그런 일을 저질렀다는 게 잘 상상이 되지 않았다. 내 말에 은진은 혀를 찼다.

"무슨 세상물정 모르는 소리야. 중고 거래 사기 치는 사람 중에 중학생이 얼마나 많은데."

"그래도 게시물 느낌이 비슷하다고 의심하는 건 좀 그렇잖아."

"이전부터 챔프 팬 중에 일부가 영비걸 싫어하기도 했고. 영비걸이 올리는 그래프나 통계 자료, 조작된 거라고 주장하는 애들도 있고."

영비걸이 나영이란 걸 몰랐을 때라면, 영비걸이 그럴 리가 없다고 나는 화를 냈을 거다. 하지만 나영이 이한한 팬덤에 대해 잘못된 소문을 퍼뜨린 걸 아는 지금은 도저히 그럴 수가 없었다. 나는 가만히 마카롱을 깨물었다.

"아무래도 챔프 팬들은 영비걸이 나영이인 걸 모르니깐 더 의심하는 거 같아. 난 나영이 이름을 아니깐 말 보태진 않았어."

"이름?"

"말했잖아. 챔프 사진전. 나도 사기당했다고. 그때 계좌 입금주 이름이 박나영이 아니었어. 박나혁인가, 남자 이름 같았어."

"…박나혁?"

나영의 집, 거실에 자욱했던 라면 냄새와 여자의 목소리가 또렷이 기억났다. "미안, 나혁아." 그때 나영의 어머니가 나영의 오빠를 분명 그렇게 불렀다. 나혁이라고. 설마, 아니겠지. 하지만 머릿속 한편에 의심이 싹텄다. 카페 테이블에 올려둔 휴대전화가 진동을 울렸다. 나영이 만든 단톡방이었다.

: 생카 빨리 가고 싶어. 주말 빨리 와라.

나는 카페 안을 찍은 사진을 단톡방에 올렸다. 나영이 팔짝팔짝 뛰며 기뻐하는 이모티콘을 보냈다. 하지만 내 감정은 이모티콘 하나로 표현하기엔 너무 복잡했다. 학원 분위기를 좌지우지하고 멋대로 편을 가르는 나영은 싫지만, 비보 이야기를 할 때의 나영은 좋다. 나영은 나를 가장 친한 친구라고 하는데, 나는 도저히 나영을 그렇게 여길 수 없는 게 미안하기도 했다. 그런데 이젠 나영이 사기꾼은 아닌가 걱정도 해야 했다. 만약 나영이 진짜 그 사기꾼이면 어쩌지? 오빠의 계좌를 빌려 쓴 거면? 난 나영에 대해 폭로할 수 있을까?

게다가 나영은 영 비스킷 걸이다. 지금 내가 앉아 있는 생일 카페를 주최한, 비스킷 보이즈의 네임드 팬. 나영이, 영비걸이 사기꾼이라는 게 알려지면 비보까지 욕을 먹을지도 모른다. 가끔씩 팬들의 잘못은 그 연예인의 잘못이 된다. 반대로 연예인의 잘못이 팬의 잘못이 되기도 한다. '비보 네임드 팬이 사기꾼이래.' '망돌 팬답네.' '사기 쳐서 번 돈으로 생카 연 거 아냐?' 등 자각 없는 악의와 의도된 조롱이 뒤섞인 글들이 SNS에 넘실거리게 될 거다.

"왜? 박나혁이란 사람 알아? 혹시?"

은진이 의아한 듯 물었다.

"어? 아냐. 내가 어떻게 알겠어. 마카롱 먹자, 우리."

나는 말끝을 흐리며 괜스레 쇼핑백 안을 뒤적거렸다.

"나도 박나영한테 신경 끄고 당장 내일부터 있을 투표나 신경 써야지. 서머 페스티벌 투표!"

서머 페스티벌 투표는 역시나 '아이돌 별스타 리그'에서 주최하는 투표다. 이 투표에서 1등을 한 연예인은, 별스타 리그 쪽에서 하루 동안 워터파크에서 단독 팬 미팅을 열어준다. 그만큼 경쟁도 치열하다. 비보 같은 한줌단은 우승은 꿈에도 못 꿀 정도다.

"원래라면 챔프가 1등은 따놓은 당상인데, 이번엔 이한이 때문에 어떻게 될지 모르겠어. 거기 팬들 진짜 화력 장난 아니야."

"나영이가 비보 투표하고 인증샷 올리라고 하면 어떻게 할래?"

"흥이다. 포샵하면 돼."

휴대전화가 또다시 울렸다.

: 애들아. 내가 끝내주는 거 찾았어. 여기 봐.

나영이 단톡방에 올린 링크를 누르자, 영어가 가득한 사이트로 연결되었다.

"뭐지, 이게?"

"뭐가? 어, 뭐냐. 박나영, 이거 이메일 무한 생성 사이튼데?"

은진도 단톡방을 확인하더니 사이트를 유심히 살펴보았다.

: 여기 별스타 리그에서 아직 파악 못 한 사이트야. 우리 이번에 비보 1등 한번 만들자! 한 사람이 5,000개씩 만들고 인증하기!

나는 나영이 올린 글을 뚫어져라 봤다. 그러니깐, 이게 지금···.

내가 나영의 말을 잘못 이해한 건가 싶었다.

"와. 대놓고 부정투표 하자고 하네. 별스타 리그에서 필터링 적발되지 않는다고 해도, 분명히 다른 팬덤에서 수상하다는 말 나올 텐데."

은진이 어이없다는 듯 중얼거렸다.

10. 좋아하기만 어쩔 수 없어

초능력이 생겼으면 좋겠다. 손만 대면 상대의 마음을 읽을 수 있는 그런 능력을 원한다. 아니면 어떤 상황에서도 진실을 꿰뚫어 볼 수 있는 능력도 좋다. 그런 능력이 있었다면 요 며칠간 머리를 쥐어짜지 않아도 되었을 거다.

버스 정류장에 서서 휴대폰 액정을 노려보았다. 액정 속에서 나영이 활짝 웃었다. 나영의 쇼츠 영상 계정인 'Go나Young'. 이 계정이 인기를 얻기 시작한 건 작년 겨울, 나영이 고등학교에 입학하기 바로 직전부터다. 인기를 얻은 영상은 가방 내용물 소개하기. 가방과 화장품 등이 다 명품이라며 '금수저 여고생'이란 별명이 붙었다. 학원에서도 나영은 확실히 돈 많은 집 아이로 보였다. 학원에 입고 오는 옷, 폰 케이스, 신발, 립글로스 등 소지품 대부분이 브랜드 제품이었다. 다 함께 편의점이나 카페에 가면 친구들 몫까지 망설임 없이 계산하기도 했다. 비보의 사진 프레임 이벤트에도 큰돈을 썼다고 했고, 이번 생일 카페를 주최하는 데도 돈이 들었을 거다. 카페 계약금이나 특전 비용 등은 주최를 한 사람끼리 나누어 내는 게 보통이니깐. 나영은 쇼츠 영상 계정이 인기가 많아서, 그 계정에서 받는 광고비를 용돈으로 쓴다고 했다. 그래서 나도, 다른 아이들도 나영의 큰 씀씀이를 별반 이상하게 여기지 않았다.

하지만 찬찬히 생각하니 이상했다. 나영은 잘 사는 집 아이가 아니다. 부모님에게 용돈은 아예 받지 않고 있다. 나영에게 숟가락을 던지던 나영의 어머니가, 나영에게 비싼 물건을 사줄 것 같지도 않다. 그럼 쇼츠 계정이 인기를 얻었던 계기인 명품은 무슨 돈으로 산 걸까. 게다가 나영의 영비걸 계정이 만들어진 때부터, 아이돌 팬덤 사이에서 반복되던 사기 사건이 더 이상 일어나지 않게 된 것도 수상했다. 영상 속 나영이가 우린 다 친구라며 손 키스를 날렸다. 결국 액정을 껐다.

나영은 과연 사기꾼일까. 하지만 이게, 내가 며칠간 골머리를 앓은 이유는 아니다. 물론 진실을 알고 싶긴 하지만 그건 당장 코앞에 닥친 문제는 아니었다.

지금 중요한 건, 나영이 부정투표를 하지 못하게 막는 거다.

버스가 도착했다. 오늘은 오레오의 생일 카페가 끝나는 날이다. 나영은 내게 정리를 도와달라고 연락을 했다. 나영과 단둘이 이야기를 할 기회인가 싶어 망설이지 않고 그러겠다고 했다. 혹시 나영은 그게 잘못된 행동인 걸 모르는 게 아닐까. 별스타 리그에 등록되지 않은 사이트니깐 이용해도 된다고 생각했을 수도 있다.

이메일 무한 생성은 부정투표를 하는 데 제일 많이 이용되는 방법이다. 아이디 하나당 하루에 무료로 주는 투표권 한 장을 노리고, 이메일 무한 생성 사이트를 이용해서 아이디를 왕창 만든다. 사이트에서 허용한 이메일 개수 내에서 아이디를 서너 개 만들어 투표하는 다중 아이디와는 완전히 다른, 프로그램을 사용한 불법 행위다. 사이트에서도 이메일 생성 사이트를 적발해 블록 리스트에 올려 관리하는 등 나름 방지에 힘쓴다. 하지만 대체 누가 만드는 건지, 이메일 무한 생성 사이트는 끊임없이 새롭게 나타났다. 이번에 나영이 찾은 곳처럼 말이다.

그래. 나영은 몰랐을 거다. 이전에 나영은 이한한 팬덤이 부정투표 한 걸 비판하는 글도 올렸다. 그런 나영이 부정투표를 독려할 리가 없다.

"왜 이제야 와? 하여간 수리, 넌 너무 꾸물거려."

카페에 들어가자마자 나영이 내게 눈을 흘겼다. 나는 묵묵히 손을 움직였다. 벽에 붙은 액자를 떼어 내 상자에 넣고, 팸플릿과 남은 컵도 정리했다. 오레오로 가득 찼던 공간이 곧 텅 비었다.

"간신히 다 했네. 여기 카페 주인 너무 불친절해. 원래 점찍어 놨던 곳은 이벤트 끝나면 데코한 거랑 남은 물건 다 정리해서 택배로 보내준다던데. 역시 거기서 했어야 해. 두고 봐. 이한한 팬들. 이번 서머 페스티벌에서 코를 납작하게 해줄 거야."

나영이 상자를 한쪽에 쌓아두고는 의자에 앉았다. 기회를 놓칠세라, 나도 나영의 옆자리에 앉았다. 나영은 휴대전화만 들여다볼 뿐, 내 쪽으로 시선을 주지 않았다.

"나영아, 투표 말인데…."

"잠깐만. 이것만 올리고. 수리야, 너 혹시 은행 계좌 좀 빌려줄 수 있어?"

"…계좌?"

"나 공구용 계정 하나 만들었거든. 네 계좌로 입금만 받아주라."

"내 계좌 부모님이 관리해."

나는 재빨리 변명을 지어냈다. 나영은 아쉽다는 듯 입맛을 다셨다.

"그래? 그럼 어쩔 수 없지."

"저기, 나영아. 투표 말이야. 네가 올린 링크."

"봤어?"

나영이 그제야 휴대전화 액정에서 눈을 떼고, 나를 봤다.

"그 사이트만 있으면 우리 비보 1등 만들 수 있어. 수리, 너도 밤새서 만들어. 우리 단톡방에 열다섯 명이 있으니깐, 한 사람이 5,000개씩만 만들어도 거의 7만 표야. 내 계정이랑 쿠키 님, 오븐 님 계정에도 홍보할 거야."

투표 이야기가 시작되자 나영의 목소리가 단숨에 밝아졌다.

"계정에 홍보를 한다고? 나영아. 이거 부정투표잖아."

내가 정색을 하자, 나영은 깔깔 웃었다.

"걱정 마. 사이트 링크를 올리진 않을 거야. 비보의 승리에 함께하실 분은 메시지 달라는 식으로 써서, 비보 팬 인증받으면 링크 줄 거야."

"그게 아니라!"

믿을 수가 없었다. 나영은 그 사이트를 이용하는 게 부정투표라는 걸 분명히 알고 있었다. 애써 나영이 그럴 리 없다고 여겼던 믿음이 와르르 무너졌다. 나는 자리에서 일어나 나영을 내려다봤다.

"부정투표라고. 나영아. 비보 팬은 그런 짓 하지 않잖아."

나영이 비스듬히 고개를 틀어 나를 올려다보았다.

"그런 짓? 야, 한수리. 너 진짜 웃긴다. 아이디 만들어서 투표하는 건 어느 팬덤이든지 해. 걸리냐 안 걸리냐가 중요한 거야. 우리 같은 한줌단이, 그런 방법이라도 쓰지 않으면 어떻게 1등을 해?"

"1등이 그렇게 중요해?"

나영이 코웃음을 쳤다.

"당연하지. 이거 특전, 무려 팬 미팅이야. 비스킷 보이즈, 이제까지 팬 미팅 한 번도 못 했어. 소속사에서 돈 안 되는 이벤트는 열어주질 않으니깐. 난 더 이상 못 기다려. 비보와 직접 만나서 내가 비보를 위해 무엇을 했는지 다 말해줄 거야."

나영이 달콤한 케이크를 한입 가득 먹은 듯한 표정을 지었다. 하지만 다음 순간, 그 표정은 사라지고 눈썹 끝이 날카롭게 위로 치솟았다.

"게다가 말이지. 성적이 나와야 다른 팬덤이 우리를 무시하지 않아. 망돌 소리 듣고 싶어? 다른 팬덤은 온갖 수를 쓰는데 우리만 아무것도 하지 않고 있다가 비보 성적 안 나오면, 네가 책임질래?"

나영이 숨도 쉬지 않고 쏘아붙였다. 그 얼굴과 목소리가, 나영의 어머니와 꼭 닮아 보였다.

"성적충."

불쑥 튀어나간 말에, 나영이 총이라도 맞은 듯한 표정을 지었다.

"뭐?"

"나영이 너, 너희 엄마랑 똑같아. 1등 못 하면 망돌이야? 부정 투표 해서 1등 하는 게 더 망돌 같아."

나영이 벌떡 자리에서 일어나 내 뺨을 때렸다. 미처 피할 틈도 없이 순식간에 일어난 일이었다. 철썩. 마찰음과 동시에 뺨에 홧홧한 아픔이 몰려왔다.

"한수리. 감히 네까짓 게 내 말을 거슬러?"

나영이 씨근덕거렸다.

"거스르다니? 친구 사이에 쓸 표현이야, 그게?"

"친구? 야. 네임드인 내가 너 따위랑 친구? 웃기지 마. 쓸 만해서 좀 어울려 줬더니 착각을 단단히 했구나? 당장 사과해. 나보고 성적충이라고 한 거 당장 사과하라고! 안 그러면 너, 학원만이 아니라 비보 팬 있는 곳 어디에도 발 못 붙이게 할 거야!"

나영이 나를 향해 삿대질을 했다. 그런 나영을 뒤로하고 카페를 나왔다. 아랫입술을 꽉 깨물고 빠른 걸음으로 걸었다. 조금이라도 더 빨리 카페에서, 나영에게서 멀어지고 싶었다. 눈가가 자꾸 시큰거려서 더 그랬다. 혹시라도 나영이 따라 나올까 봐, 그러면 붉어진 눈가를 들킬까 봐 도망치듯이 걸었다.

"그래도 난 친구라고 생각했는데."

버스 정류장에 도착하고 나서야 주르륵 무너진 마음이 흘러내렸다.

*

"다 알아봤어요. 전에 그거, 쓰면 안 되는 방법이라면서요. 이메일 막 만드는 그거! 아니, 거짓말하지 마요. 리스트에 없으면 다인가. 임금 체불하면서 임금 체불이라는 말을 붙이지 않는다고 해서 그게 월급 준 게 된대요?"

현관문을 열자마자 엄마의 성난 음성이 밀려 나왔다. 엄마가 거실을 서성거리며 누군가와 통화를 하고 있었다.

"그 정도는 다 한다니요? 아니, 우리가 다른 곳보다 나이가 좀 많아요? 그럼 당연히 모범을 보여야지. 팬 활동 처음이라 아무것도 모르는 순진한 어르신들 속여놓고 뭐요? 나도 알고 한 거 아니냐고? 이봐요!"

나는 잠자코 신발을 벗었다. 평소처럼 다녀왔습니다, 하는 인사조차 하지 않은 건 알아봐 주길 바라서였다. 뺨에 빨갛게 남은 다툼의 흔적을, 부어오른 눈가에 맺힌 설움과 아직도 정리되지 않고 몸 안을 떠도는 고민을 엄마가 눈치채 줬으면 했다. 나는 내 방이 아닌 주방으로 향했다. 일부러 느릿느릿 걸었다. 내가 거실에 들어서자 엄마의 목소리가 잦아들었다.

"…알았어요. 어쨌든 이번엔 그런 방법 쓰지 마요. 다음에 다시 이야기해요."

나는 냉장고 문을 열고 우유를 꺼냈다. 엄마는 휴대전화를 손에 쥐고 거실 소파에 앉더니 한 손으로 가슴을 통통 두드렸다.

"수리 넌 토요일마다 자꾸 어디를 갔다 와?"

체한 듯 계속 가슴을 두드리던 엄마가 소파에서 일어나 주방으로 들어오면서, 내게 말을 걸었다. 퉁명스러운 목소리는 내가 바란 게 아니었다. 엄마가 정수기에서 찬물을 한 컵 가득 담아 벌컥벌컥 마셨다. 내 쪽은 보지도 않았다. 심사가 뒤틀렸다.

"엄마랑 상관없잖아."

탁. 엄마가 깨지는 건 아닐까 싶게 힘을 줘 컵을 내려놓았다.

"뭐? 상관이 없어? 한수리. 너 그렇게 버릇없이 말할래?"

나도 질세라 우유를 따른 컵을 내려놓았다. 컵에 담긴 우유가 넘칠 듯 출렁거렸다.

"뭐가 버릇없어? 엄마. 내가 뭘 하든 관심이나 있어? 시험 기간일 때도 신경도 쓰지 않았잖아. 다른 애들은 엄마가 학원도 알아봐 주고 난리 법석을 떠는데, 엄마는 내가 학원 어디 다니는지는 알아? 우리 담임 선생님 이름은 알아? 엄마가 회사 그만두고 한 거라곤 트로트 가수 쫓아다니는 게 전부잖아!"

"뭐? 한수리, 너 내가 어떤 마음으로…."

"뭐가! 어떤 마음으로 회사 그만뒀는지 아냐고? 나 보살핀다고 회사 그만뒀단 말 하려고? 거짓말하지 마! 엄마가 이제까지 나한테 해준 게 뭐가 있어!"

가슴을 두드리는 엄마의 손이 조금 더 빨라졌다. 내 목소리가 커지는 만큼 엄마의 얼굴도 점점 새빨개졌다.

"이럴 거면 다시 회사 다녀! 회사 다닐 때 엄마는 멋있기라도 했지. 요즘은 너무 싫어. 한심해!"

그건 엄마에게 내지른 소리가 아니었다. 몸 안에 가득 찬 비명은 나를 향한 거였다.

"나는 내가 너무 싫어. 친구 관계도 엉망이야. 좋아하는 아이돌 덕질 하나도 제대로 못 해. 월요일에 학원에 가면 나영이가 또 무슨 짓을 할지 몰라. 벌써부터 그걸 걱정하는 게 겁쟁이 같고 한심해. 엄마. 난 소심 보스란 별명을 싫어한 적이 없는데, 이제는 너무 싫어. 이 모든 게 내가 소심해서 이렇게까지 된 것만 같아."

엄마에게 털어놓고 싶던 하소연이, 엄마를 향한 원망이 되어 쏟아져 나왔다.

"한심하다고…?"

엄마가 거친 숨을 내쉬며 중얼거렸다. 헐떡거리는 숨소리와 터질 듯 붉어진 얼굴. 가슴을 움켜쥔 손. 그제야 무언가 심상치 않다는 걸 눈치챘다. 엄마는 가쁘게 숨을 내뱉으며 내게서 등을 돌려 섰다. 그러곤 덜덜 떨리는 손으로 찬장에서 무언가를 꺼냈다. 약봉지였다. 엄마는 손바닥에 약을 쏟아붓고는 물도 없이 입에 털어 넣었다. 그곳에 약이 있는지, 그 약이 뭔지, 엄마가 왜 그 약을 먹는지 무엇 하나 아는 게 없었다.

"엄마, 어디 아파?"

엄마는 약 먹는 걸 싫어한다. 특히 알약은 질색을 했다. 얼마나 싫어하냐면 감기에 걸려도 꿋꿋이 약을 먹지 않고 버티다가 병원에 실려 간 적도 있다. 이전에 알약을 잘못 먹고 심하게 체한 적이 있는데, 그게 무척이나 고통스러웠다고 했다. 그런 엄마가 알약을 한 움큼이나 먹다니, 무언가 큰일이 벌어질 것만 같았다.

"넌 상관없잖아!"

엄마가 소리를 지르다가, 황급히 자신의 입을 양손으로 덮었다.

"엄마, 대체 왜 그래…?"

결국 울음이 입술 사이를 비집고 흘러나왔다. 나는 엄마가 괜찮다고 해주길 바랐다. 괜찮았냐고, 괜찮다고. 하지만 입을 가린 엄마의 두 손은 다시 덜덜 떨렸다.

엄마가 쓰러졌다.

천천히, 바닥에 떨어진 물건이라도 주우려는 듯 허리를 굽히다가 바닥에 주저앉은 엄마의 몸이 심하게 떨렸다. 둥근 공이라도 된 듯 머리를 몸 안쪽으로 말아 넣고 숨을 내쉬는 엄마의 등이 커다랗게 들썩거렸다.

"엄마. 엄마? 왜 그래?"

나는 공이 된 엄마를 끌어안았다. 엄마가 무어라 말하려는 듯 입을 벙긋거렸다. 하지만 음절과 음절 사이에 몰려나오는 숨소리 때문에 알아들을 수가 없었다.

'침착해. 침착해야 해.'

애써 스스로를 타일렀지만 휴대전화를 꺼내는 손이 덜덜 떨렸다.

"구급차? 아니면 아빠에게 전화해야 하나? 뭐가 먼저지?"

눈앞이 팽팽 돌았다. 정신없이 번호를 눌렀다. 구급차와 아빠가 거의 동시에 달려왔다. 사람들이 엄마를 부축해서 데리고 나갔고 아빠가 내 머리를 쓰다듬었다. "곧 올게. 기다려." 아빠의 목소리가 아득히 먼 곳에서 들렸다. 소란스러움이 썰물처럼 밀려나가자 고요함이 공포가 되어 나를 덮쳤다.

나 때문이다.

나는 방에 들어가 베개를 끌어안았다. 엄마가 쓰러진 게 내 탓인 것만 같았다. 내가 엄마에게 심한 말을 해서, 엄마가 충격을 받아서 쓰러진 건 아닐까. 베개를 끌어안은 손에 점점 힘이 들어갔다. 자꾸만 좋지 않은 상상이 떠올라서 비보의 노래를 틀었다. 하지만 노래가 전혀 귀에 들어오지 않았다. 결국 음악을 끄고 무릎에 얼굴을 파묻었다. 한참이나 훌쩍거리고 있는데 현관문 열리는 소리가 났다.

"수리야."

열린 방문 틈으로 아빠가 고개를 내밀었다.

"아빠, 엄마는? 어디가 아픈 거야? 혹시…."

혹시 큰 병이야? 그 말은 도저히 할 수가 없었다. 아빠가 침대에 걸터앉아 내 어깨를 두드렸다.

"놀랐지? 괜찮아. 엄마는 지금 수액 맞고 자고 있어. 응급실 비싸다고 그냥 나오겠다는 걸 말리느라 고생 좀 했다."

"그냥 오려고 했다고? 엄마 어디 아파? 엄마가 먹는 약은 뭐야?"

"그게 말이다. 어떻게 설명해야 하나. 그러니까 안정제야."

아빠가 머리를 벅벅 긁었다.

"엄마가 얼마 전에 공황장애 판정을 받았어. 그래서 약을 받아왔지. 그거 말고도 이것저것 검사를 했는데 우울증도 치료하는 게 좋다고 그러더라."

아빠가 무슨 말을 하는 건가 싶었다. 공황장애? 우울증? 그런 단어들은 나와는 관계없는 것인지 알았다. 연예인들 몇 명이 공황장애를 털어놓고, 우울증 때문에 활동을 중단했다는 기사를 본 적이 있기에 용어가 낯설지는 않았다. 그렇지만 주변 사람이, 하물며 엄마가 우울증에 걸리는 상황은 생각해 본 적이 없었다.

하늘에 떠 있는 별이 사실은 돌덩어리란 걸 알아도, 그 돌덩어리가 갑자기 내 머리 위로 떨어질 거란 생각은 하지 못하는 것과 마찬가지다.

"우울증? 엄마가? 혹시 나 때문이야? 내가 엄마한테 이한한 좋아한다고 뭐라고 해서? 방송에 출연하지 못해서?"

아무리 생각해도 마음에 걸리는 건 그것뿐이었다.

"아이고. 아니야. 그러니까 말이다…."

아빠는 손을 내저으며 잠시 뜸을 들였다.

"엄마한테는 내가 말했다는 건 당분간 비밀로 하자. 엄마가 마음이 정리되면 너에게 직접 말하겠다고 했거든. 하지만 수리 너도, 대충이라도 알고 있지 않으면 계속 걱정이 될 테니까 말이야."

아빠는 헛기침을 하고, 다시 말을 이어나갔다.

"엄마가 회사를 그만둔 거 말이다. 엄마가 원한 게 아니었어."

이건 또 무슨 소린가. 분명 엄마가 내게 말했었다. 내가 고등학생이 되니깐, 나를 좀 더 신경 쓰기 위해서 회사를 그만둔 거라고. 나는 질문을 쏟아 내고 싶은 마음을 꾹 참고 아빠의 다음 말을 기다렸다.

"엄마 회사의 높은 사람이 취업 비리를 저질렀어. 부탁을 받고 면접 점수를 조작했다고 하더라. 그래서 붙어야 할 사람이 떨어지고, 떨어져야 할 사람이 붙었어."

비리를 저지른 사람은 엄마의 상사였다. 그는 점수 조작을 따져 묻는 엄마에게 관행일 뿐이라고 답했다. 한두 명, 회사 관계자의 청탁을 받아주는 것뿐이라고. 돈이 오가는 게 아니니 아무 문제 없다고 말이다. 그러곤 엄마에게 이 일을 절대 외부에 발설하지 말라고 신신당부했다. 회사의 명예가 떨어진단 게 이유였다.

엄마는 고민했다. 상사의 말대로 모른 척할 것인가. 하지만 그럴 순 없었다. 부당하게 면접에서 떨어지고 실망할 사람들의 얼굴이 눈앞에 어른거렸다. 무엇보다 엄마는 회사를 좋아했다. 좋아하기에, 나쁜 관행은 어떻게든 뿌리를 뽑아야 한다고 결심했다. 엄마는 외부 감사원에 면접 비리에 대한 보고서를 제출했다. 그리고 석 달 후, 엄마의 이름이 권고 사직 명단에 올랐다.

"표면적인 이유는 엄마의 나이가 많단 거였어. 하지만 그게 진짜 이유가 아닌 건 누가 봐도 명확했지. 그 회사는 정년이 없어. 전문직이니까. 게다가 엄마가 내부 고발을 하기 전만 해도, 엄마 실적이 제일 좋다며 사장님도 칭찬을 했었단다."

엄마는 싸웠다. 부당한 해고라고. 그러던 어느 날 회사 계단에서 기절을 했다. 갑자기 몸에 열이 나고, 심장이 뛰고, 어지럼증이 몰려왔다. 그 때문에 중요한 상담에서 실수를 하기도 했다. 주변에서는 갱년기가 온 거라고, 나이가 그쯤 되면 은퇴를 하라고 빈정거렸다. 엄마는 결국 회사를 그만뒀다.

"왜 나한테는 그런 사실을 말해주지 않았어?"

알았다면 회사를 그만두지 않는 게 더 좋았겠다거나 회사 다닐 때의 엄마는 멋있었다거나 하는 바보 같은 말은 하지 않았을 거다.

"무섭다고 했어."

"엄마가? 뭐가 무서운데?"

내가 영문을 모르겠다는 듯 묻자, 아빠는 설핏 웃었다.

"엄마는 말이다. 은근히 겁이 많아. 소심해. 병원만 해도 좀 더 빨리 갔으면 좋았을 텐데, 혹시 큰 병으로 진단이 나오면 어떻게 하냐고 겁먹어서 가는 걸 미루고 미뤘어. 그러다가 수리, 네가 가출한 날 말이다. 네가 뛰쳐나가고 엄마가 또 발작을 일으켰어. 그래서 널 따라 나가지 못했지. 이러다가 너한테 무슨 일이 생겼을 때 구하지도 못하겠다고, 엄마는 그제야 병원에 갈 결심을 굳혔지."

엄마가 소심하다고? 아빠의 이야기 속 엄마는 내가 알던 엄마와 완전히 다른 사람 같았다.

"그래서 엄마가 병원을 무서워하는 거랑, 나에게 아무것도 말해주지 않은 거랑 무슨 상관인데?"

나는 다시 재촉하듯 물었다.

"엄마가 무섭다고 한 건 말이다. 수리 네가 실망하는 거였어. 회사에서 쫓겨난 거나 다름없다고. 그런 사실을 알면 수리 네가 엄마를 부끄러워하지 않을까, 걱정했단다."

"말도 안 돼."

아빠의 말이 끝나기도 전에 나는 단언했다.

"부끄러울 리가 없잖아, 절대."

나는 안다. 좋아하기에 가만히 있을 수 없는 마음을. 다른 사람들은 다 모른 척, 그곳에 쓰레기 따위는 없는 듯이 굴어도 도저히 그럴 수가 없다. 쓰레기를 밖에 내다 버리면, 거기 쓰레기가 있었다는 게 들키니깐 가만히 있으란 말을 들어도 어쩔 수가 없다.
"아빠, 나 조금은 엄마 닮았나 봐."
"무슨 소리야, 그게."
아빠가 눈을 동그랗게 떴다.
"너 엄마랑 판박이야."

*

영 비스킷 걸 계정에 글이 올라왔다. 나영이 말했던 글이다. 비보를 1등 만들어 줄 사람은 메시지를 달라는 글. 그 글 아래에는 메시지 잘 받았다고, 고맙다는 댓글이 줄줄이 달려 있었다. 웃는 이모티콘의 파도가 넘실거렸다. 굳게 마음을 먹고 입력 버튼을 눌렀다.
: 이거 부정투표 사이트잖아.
웃음이 가득한 물결들 속에서 내 글 하나만 딱딱한 돌멩이처럼 보였다.

11. 단둘이 헌 기차 여행

아무 일도 일어나지 않았다. 나영은 내가 댓글을 달자마자 글을 지웠다. 그럼에도 내가 쓴 댓글은 캡처가 되어서 비보가 이번에 부정투표를 하려는 거 아니냐는 글이 아이돌 팬덤 사이에 쫙 퍼졌다. 서머 페스티벌 투표에서 비보가 1등을 하면 부정투표가 분명하다고. 영비걸, 쿠키, 오븐의 계정에는 그 글이 대체 뭐였냐고, 진짜 네임드들이 부정투표를 선동한 거냐고 따져 묻는 댓글들이 쏟아졌다. 셋 다 오해라고, 바빠서 투표할 시간이 없는 팬들을 위해 아이디를 수집한 것뿐이라고 해명했다. 하지만 쿠키에게서 링크를 받았던 사람들 중 한 명이 아이디 무한 생성 사이트였단 걸 인증하면서 세 사람의 거짓말이 들통났다. 세 사람은 계정을 비공개로 돌렸다. 나도 계정을 비공개로 돌렸다. 욕설이 섞인 메시지가 하루에도 몇 통씩 날아왔기 때문이다. 그러는 중에도 서머 페스티벌 투표는 진행되었다. 이한한과 챔프가 1, 2위를 다투다가 막판에 몇십만 표가 이한한에게 몰리며서 이한한이 1등을 했다.

"아무래도 이상해. 챔프가 이기고 있었다고. 하루 만에 투표 인원 몇십만 명이 늘어나는 게 가능해?"

은진이 투덜거렸다. 은진이 "챔프"라고 말하자 강의실 안의 아이들 몇몇이 나와 은진 쪽을 힐끔거렸다. 하지만 그뿐이었다. 누구도 이전처럼 은진에게 시비를 걸지 않았다. 은진이 주변을 둘러보고 쓴웃음을 지었다.

"웃긴다. 박나영이 학원에 오지 않으니깐 비보 외 아이돌 언급 금지가 단번에 사라졌어. 저기 쟤네 라라걸 커버 댄스 릴스 찍는 거 봐. 어떻게 참았대."

나영은 열흘째 학원에 나오지 않고 있다. 영비걸의 계정이 잠긴 때부터다. 나영과 함께 다니던 아이들은 흡사 나영이 처음부터 없었던 것처럼 굴었다. 그중 몇몇은 다른 애들 들으란 듯이 박나영이 사라져서 속이 시원하다고 떠들기도 했다. 박나영에게 제일 많이 얻어먹고 친하게 굴던 애들이었다. 나영은 쇼츠 동영상 계정도 비공개로 돌렸는데, 소문으로는 옷 공구를 한다고 돈을 받아서는 엉터리 물건을 보냈단다. 학교에서도 다들 나영을 모른 척해서, 나영은 등교한 후에 계속 책상에만 엎드려 있는 듯했다.

"이 강의실 애들 전부 비보 팬인 것처럼 굴더니 아니었던 거네."

"나처럼 어쩔 수 없이 좋아하는 척한 사람도 있었을 거고, 이때다 싶어서 다른 사람 괴롭힐 핑계로 삼은 애들도 있겠지."

은진이 말을 하다 말고 나를 빤히 바라봤다.

"왜?"

"아니. 나였다면 박나영이 사기꾼일 수도 있단 것까지 다 폭로했을 거 같거든. 수리 넌 그 정도로 분이 풀려?"

돌멩이를 던진 다음 날, 은진에게 나영과 나 사이에 있었던 일을 모두 말했다. 나영의 집에서 들었던, 나영의 오빠 이름까지도. 은진은 나영이 사기꾼이 분명하다고 펄펄 뛰었다.

"그건 확실하지 않잖아. 확실하지도 않은데 몰아가기 싫어."

"하여간 착해. 뺨까지 맞았다면서. 나 같으면 한번 죽어보라고 다 까발렸을 텐데."

"착하기는 무슨."

나는 책상 위에 풀썩 엎드렸다.

"소심한 거지. 나 진짜, 너무 소심한 거 같아. 가출했을 때도 말이야. 모르는 사람에게 재워준다는 메시지 받고 벌벌 떨었어. 그래서 네가 메시지 보낸 거 바로 확인 못 했던 거야. 나영이한테 질질 끌려다닌 것도 그렇고…."

책상에 맞닿아 짓눌린 뺨 때문에 발음이 웅얼웅얼, 옹알이처럼 흘러나왔다. 뭉개진 호빵 같은 발음은 내 마음 그 자체였다.

"소심한 게 뭐 어때서?"

은진의 목소리는 단호했다.

"이상한 메시지에 답장하지 않는 게 소심해서 그런 거면, 소심하지 않은 것보다 소심한 게 100배는 나아. 그리고 나도 박나영한테 휘둘렸잖아. 그게 왜 우리 탓이야? 박나영이 나쁘지."

은진의 위로에 뭉개진 마음이 조금씩 되살아났다.

"그리고 소심 보스여도, 수리 넌 할 땐 하잖아."

아니야. 그건 엄마 덕분에 용기를 낸 거야. 그렇게 말하는 대신에 허리를 세워 앉았다. 은진에게 엄마가 쓰러졌던 일까지는 털어놓지 못했다. 내가 직접 엄마에게 그 사실을 듣기 전까지는, 누구에게도 말하고 싶지 않았다.

"나영이 얘기 그만하자. 더 이상 신경 쓰기 싫어. 참, 은진이 너희 할머니는 이한한이 1등 한 거, 반응 어때? 나 엄마한테 이한한이 1등 해서 좋겠다고 말 걸었거든? 어색한 거 풀려고. 엄마가 좋아서 막 자랑할 줄 알았는데 똥 씹은 표정으로 아무 말도 안 하더라."

"우리 할머니 이한한에서 최영으로 갈아탄 지 좀 돼서 몰라."

"최영?"

"장군 같은 기세로 노래하는 일흔 살 신인 트로트 가수. 이한한은 너무 어려서 도저히 남자로 볼 수가 없었는데 최영은 나이가 맞아서 좋대. 사랑은 움직이는 거라나."

은진의 할머니가 새로운 사랑을 찾은 건 축하할 만한 일이지만, 엄마의 반응이 왜 그랬는지 알아낼 방법은 사라지고 말았다.

"아니, 이제 와서 표를 안 주면 어쩌겠다는 거야? 내놔요. 당장!"

빌라 앞 골목이 시끄러웠다. 학원을 마치고 골목 안으로 접어들던 발걸음이 느려졌다. 빌라가 늘어선 이 골목은 가끔씩 소란스러워진다. 트럭에 두부와 강냉이 같은 걸 싣고 다니는 아저씨와 동네 아줌마가 싸우기도 하고, 때로는 편의점 앞에서 담배를 피우는 아저씨와 편의점 주인이 고래고래 소리를 지르며 말다툼을 벌이기도 했다. 그래서 웬만한 소동에는 다들 눈도 깜짝하지 않는다. 나도 마찬가지다. 그럼에도 고함 소리에 걸음을 멈춘 건, 이어진 목소리가 낯익어서였다.

"못 줘요! 나 분명히 말했어요. 이번에는 그런 방법 쓰지 말라고. 난 이거 표, 정정당당하게 예매했어요. 이한한 팬이라면 이렇게, 당당해야지!"

"그깟 표 한 장 가지고 유세네, 유세야. 티켓팅 실패한 사람은 서러워서 살겠어? 아니, 혼자서 표 두 장 가져서 어디에 쓸 건데? 나한테 양도하기로 했으면 줘야지. 왜 한 입으로 두말을 해?"

"그러니깐! 팬 카페 운영을 깨끗하게 잘하는 게 조건이었잖아요. 깨끗했어요? 이번 투표, 아이디 카피하는 앱 그거 사용하는 거 부정투표라고 했지요, 내가. 아무것도 모르는 회원들한테, 그렇게 해도 괜찮다고 속이는 게 운영자가 할 일이에요?"

분명히 엄마의 목소리였다. 나는 골목길 모퉁이에 몸을 숨기고 말다툼 소리가 들리는 쪽을 살폈다. 빌라 입구에 엄마와, 다른 아줌마 두 명이 마주 보고 서 있었다. 엄마는 배낭을 메고 있었고, 아줌마들은 작은 여행용 캐리어를 하나씩 들고 있었다.

"아니. 그 정도는 아이돌 팬들도 다 한다고요. 우리 나이 많아서 투표 어떻게 하는지 모르는 팬도 많고, 팬 카페 있는지도 모르는 팬도 많아. 그런 방법 쓰지 않으면 아이돌 못 이겨요. 아이돌 팬들, 우리 나이 많다고 싫어하는 거 몰라? 우리랑 다른 아이돌하고 1, 2위 붙으면 다른 그룹끼리 막 연합해서…."

"그런 헛소문도 그만 좀 퍼뜨려요! 내가 다 알아봤어. 같은 트로트 가수라고 우리하고 그 얄미운 최영 팬하고 연합을 해요? 하지 않잖아요. 아이돌도 똑같더만. 그렇게 우리가 잘못한 건 전혀 인정하지 않으니 미움을 받지."

엄마와 아줌마들의 말다툼은 그야말로 창과 창의 싸움이었다. 서로 각자 자기 할 말만 하고 상대의 말은 듣지 않았다.

오가는 말들로 유추하건대, 저 아줌마들이 이한한 팬 카페의 운영진인 듯했다. 엄마가 티켓팅에 성공해서 저들 중 한 명에게 표를 주기로 했는데, 약속을 깬 거다. 부정투표를 주도했다는 이유로. 서머 페스티벌의 투표 결과가 이해되지 않는다던 은진의 투덜거림이 기억났다. 내가 이한한의 1등을 축하했을 때 일그러지던 엄마의 표정도.

"그렇다고 카페에 그렇게 글을 쓰면 어떻게 해! 1등 하고 축제

였는데, 분위기 엉망 됐잖아. 그거 사과하는 의미에서라도 줘요, 표!"

"아주 사람이 이기적이야. 혼자 깨끗한 척, 고고한 척. 그러니 같이 콘서트 갈 친구 한 명 사귀지를 못했지. 은진이 할머니 떠나자마자 왕따 된 데는 다 이유가 있는 거야."

아줌마들의 빈정거림이 연달아 엄마를 공격했다. 엄마도 얼른 창을 휘둘러, 그 창을 쳐내야 했다. 하지만 엄마는 아무 말도 하지 않았다. 길게 고개를 빼고 살펴보니, 엄마는 아랫입술을 꽉 깨물고 가만히 서 있었다. 내가 서 있는 곳에서 봐도 알 수 있을 정도로 빨갛게 달아오른 얼굴은 부엌에서 쓰러졌을 때와 비슷했다.

"엄마! 나 왔어. 오늘 따라 학원이 너무 늦게 끝났지 뭐야. 금요일이니깐 좀 빨리 끝내달라고 졸라도 소용이 없더라. 가자. 늦겠다."

나는 아줌마들 옆을 지나 엄마의 손을 덥석 잡았다. 아줌마들이 한 걸음 뒤로 물러섰고 엄마가 나를 바라보았다. 당황한 기색을 드러내지 않으려는 듯 느리게 눈만 깜빡거리는 엄마의 손을, 한층 더 힘주어 잡았다.

"뭐야, 채영 씨 손녀야?"

"둘이 뭐…. 어디를 가? 학생, 지금 할머니가 어디 가려는지 알아?"

아줌마들의 공격이 내게로 향했다.

"표 한 장 제 거예요. 같이 가기로 했거든요. 아줌마들은 누구

세요?"

나는 뻔뻔하게 맞섰다. 엄마가 어디 가려고 하는 건지는 확실히 몰라도, 그 정도는 임기응변으로 둘러댈 수 있었다.

"교복 입은 거 보니 학생이구만. 학생이 무슨 트로트야."

"어디서 무대 하는지 말해봐. 그럼 믿어줄게."

이한한 콘서트가 어디서 열리는지 내가 어떻게 알겠는가. 내가 대답을 머뭇거리자 아줌마 중 한 명이 내게 손가락질을 했다.

"어린 게 어디, 벌써부터 거짓말이야?"

손가락 끝이 금방이라도 내 눈을 찌를 것 같아서, 나도 모르게 뒷걸음질을 쳤다. 손에서도 힘이 빠졌다. 자칫 엄마의 손을 놓칠 뻔했다.

"거짓말은 무슨. 왜요. 그쪽은 애들하고 썩 친하지가 않나 보네."

엄마가 내 손을 꽉 마주 잡았다. 엄마는 맞잡은 손을 앞뒤로 경쾌하게 흔들며, 아줌마들 사이를 뚫고 골목 바깥쪽으로 걸어 나갔다.

"내가 왜 콘서트 같이 갈 사람이 없어? 내 딸하고 가는데!"

엄마가 의기양양하게 외쳤다.

"딸? 손녀가 아니라?"

"…좋겠네. 우리 딸은 나이 들어서 무슨 팬질이냐고 구박만 하는데."

아줌마들의 수군거림이 등 뒤로 멀어졌다. 나와 엄마는 손을 잡은 채 골목을 빠져나왔다. 대로변에 나와서야 앞뒤로 흔들리던 팔의 움직임이 멈췄다. 엄마가 슬그머니 내 손을 놨다.

"엄마, 나…."

내 손가락이 엄마의 손바닥 안에서 미끄러졌다. 나는 엄마에게 무슨 말이든 하고 싶었다. 하지만 무엇부터 말해야 좋을지 알 수가 없었다.

"수리야, 여기 엄마랑 같이 갈래?"

엄마가 주머니에서 무언가를 꺼내 내게 내밀었다.

"여기 너 좋아하는 걔네도 나온대. 그, 비스킷."

엄마의 손에 들린 건 '부산 아티스트 콘서트' 표였다. 비보를 비롯한 신인 아이돌이 많이 출연해서, 티켓팅 전쟁이 일어났던 콘서트다. 나는 부산까지 갈 차비도 없고, 아빠와 엄마가 콘서트에 다녀오라고 허락해 줄 것 같지도 않아서 꿈도 꾸지 못했다. 그런데 그 표를 엄마가 두 장이나 가지고 있다니. 게다가 함께 가자고 하다니! 마다할 이유가 없었다.

나는 엄마가 내민 표를 덥석 받아 들었다.

*

기차 안에서는 아직 찾아오지 않은 여름날, 덜 마른 수건 냄새가 났다. 햇살 냄새가 배어든 미묘한 눅눅함. 밤 10시에 기차를 타는 것도, 엄마와 단둘이 여행을 가는 것도 처음이었다. 괜스레 좌석 앞 의자 등받이에 꽂힌 잡지를 집어 들어 뒤적거렸다. 금요일 밤의 기차는 대낮처럼 밝았고 사람들은 바쁘게 올라탔다. 밤이 사라진 듯한 분주함에 이제 곧 서울에서 멀어진다는 실감이 나질 않았다.

"배고프지. 이것 좀 먹어."

엄마가 봉지에서 샌드위치를 꺼내 내 무릎 위에 놓았다. 나는 고개를 가로저었다.

"도착하면 12시 넘을 거야. 뭐든 좀 먹는 게 좋아."

"기차 오랜만에 탔더니 멀미할 거 같아."

내 말에 엄마가 허둥지둥 주변을 둘러보았다.

"어쩌지. 지금이라도 내려서 빨리 멀미약 사가지고 올까?"

"됐어. 눈 감고 있을래."

안절부절못하는 엄마의 모습에 어쩐지 짜증이 났다. 나는 이어폰을 귀에 꽂고 눈을 감았다. 비보의 노래가 한 곡 끝났을 즈음 살며시, 다시 눈을 떴다. 기차 복도를 오가던 사람들은 모두 앉아 있었다. 그 고요함이, 이제 곧 기차가 출발할거라는 신호처럼 느껴졌다. 옆을 보니 엄마도 이어폰을 꽂고 눈을 감고 있었다. 툭, 엄마의 손등을 가볍게 쳤다.

"엄마, 뭐 들어?"

엄마가 한쪽 이어폰을 뺐다.

"이한한 노래. 수리 넌 뭐 듣니?"

"비스킷 보이즈. 내가 좋아하는 그룹."

엄마가 고개를 돌려 나를 봤다.

"엄마도 그 노래 한번 들어보고 싶어."

얼른 이어폰을 빼서 엄마의 손바닥에 놓았다. 내 이어폰을 귀에 꽂는 엄마를 보다가, 나도 엄마의 이어폰 한쪽을 귀에 꽂았다. 구성진 노랫가락이 고막을 쟁쟁 울렸다.

살다 보면 어이쿠 삐끗하는 일
살다 보면 아이고 혼자 되는 일
그게 다 내 잘못은 아닌걸
그게 다 내 잘못이면 뭐 어때

낯선 리듬이 익숙해지자, 가사가 귀에 들어왔다. 직설적인 가사는 취향이 아니다. 하지만 이한한의 가사는 비보의 가사와 비슷한 면이 있었다. 잘못한 건 내가 아니라고, 지금은 혼자여도 언젠가 괜찮아질 거라고 다독여 주는 손길 같은 가사였다.

"어휴, 노래가 빨라서 듣기가 힘드네."

엄마가 이어폰을 빼서 내게 돌려주었다.

"하지만 가사가 참 좋다. 마냥 신나기만 한 게 아니라 따뜻하네."

귀 안에서 엄마와 나의 체온이, 다르지만 비슷한 노래가 뒤섞였다. 기차가 서서히 움직였다. 어스름히 밝은 기차역을 떠나 조금씩, 까만 밤 안으로 들어가 어둠을 뛰어넘었다.

12. 오늘만 최애 변경

 이마를 간질이는 잔바람이 잠을 깨웠다. 졸음이 묻은 눈꺼풀을 간신히 들어 올려 바람이 불어오는 쪽으로 몸을 뒤척이니, 엄마가 창문 앞에 서 있었다. 엄마의 등으로 다 가려지는 작은 정사각형 창은 온통 파랑으로 가득했다. 옅은 하늘부터 짙은 에메랄드 빛 바다까지 그러데이션으로 채워진 창은, 창이라기보다는 액자 같았다. 약간 열린 창문 틈으로 불어 들어온 바람이 엄마의 앞머리를 달싹 흔들었다. 그 흔들림을 제외하고는 일절 움직임도 없이, 창밖 어딘가를 바라보는 엄마의 옆모습과 어두운 방에서 너울거리는 그림자가 겹쳐졌다. 그림자에 빨려 들어갈 것만 같던 엄마는, 이젠 파랑에 물들어 사라질 것만 같았다.
 "엄마."
 가지 말라고 말하기 전에 엄마가 뒤돌아봤다.

"깼어? 수리 너, 어제 호텔 체크인 하자마자 기절하듯이 잠들었어. 12시 좀 넘었다고 그렇게 잠들다니, 대한민국 고등학생 자격 실격이야."

엄마의 말에 어제 저녁의 일이 꿈이 아니라는 실감이 났다. 나는 침대 옆 협탁에 놓인 콘서트 표를 집어 들었다. 콘서트 시작 시간은 오후 6시였고, 벽에 걸린 시계는 아침 10시를 가리키고 있었다. 그러니깐 앞으로 8시간밖에 남지 않았다. 몽롱하게 남아 있던 잠기운이 싹 달아났다.

"엄마는 조식 먹었는데, 수리 넌 밥 어떻게 할래? 부산이 돼지국밥이 맛있다더라. 맛집 검색 좀 해볼까?"

"엄마, 지금 밥이 중요한 게 아니야. 문제가 있어."

나는 부리나케 침대에서 내려와 어제 내던져 놓은 가방을 집어 들었다. 아무리 안을 봐도 별게 없었다. 평상시에 가방에 응원봉을 넣어 가지고 다니는 사람이 있을 리가 없지 않은가! 그러니깐 나는 8시간 후에, 응원봉도 슬로건도 없이 비보의 무대를 처음으로 직관하게 되는 거다. 덕후에게 이건, 고3이 수능 시험 볼 때 마킹용 사인펜을 챙기지 않는 일과 비슷한 정도의 큰 문제다. 이성적으로는 안다. 응원봉이 없다고 콘서트장 출입이 제한되는 것도 아니고, 막상 무대가 시작되면 최애를 보기도 바빠서 손에 뭔가를 들고 있다는 사실조차 잊어버릴 수도 있다. 하지만 '콘서트 필수 준비물'이란 게시글도 스크랩해 놓고, 처음 콘서트에 가면 여기 적힌 것을 하나도 빼먹지 않고 챙기리라 마음먹었던 나였다. 그리고 원래 사랑은 사람을 좀 덜 이성적으로 만든다.

"어쩌지? 아, 어제 잠깐 집에 들러서 응원봉 가지고 나올걸. 엄마, 엄마도…."

"나? 난 챙겨 왔어."

엄마가 배낭에서 별 모양 LED 응원봉을 꺼냈다. 어린아이가 유치원 장기자랑 무대에서 휘두를 것 같은 조악한 응원봉이었다.

"이한한, 공식 응원봉 없어?"

"있어. 그런데 품절이 너무 빨리 돼서 못 샀어. 어제 왔던 사람들 있잖니. 카페 운영자거든. 걔가 하나 구해다 준다고 했는데…."

싸웠으니 응원봉을 받지 못한 건 당연지사다. 공식 응원봉을 든 사람들 사이에서 아무것도 없이 뻘쭘하게 앉아 있는 나. 문방구에서 산 조잡한 응원봉을 흔드는 엄마. 어느 쪽이 더 어색할지 우열을 가리기 힘들 듯했다.

"안 되겠다. 나가자, 엄마."

방법은 있다. 콘서트 시작은 6시다. 1시간 전쯤 콘서트장에 도착해야 한다고 해도 아직은 시간이 넉넉했다.

"돼지국밥 먹을래?"

엄마가 지갑을 들고 자리에서 일어났다.

"아니. 플래카드 만들 재료 사러 가자."

이가 없으면 잇몸으로. 응원봉이 없으면 플래카드로. 비록 미술에 영 재능이 없어서 중학교 때 색종이로 화분 만들기를 할 때에 혼자 제시간에 끝내지 못했던 기억이 선명하지만, 이만큼 절실하면 하루쯤은 예술의 신이 강림할 수도 있을 거다.

결연한 표정으로 방을 나서는 내 옆에서 엄마가 중얼거렸다.

"그래도 밥은 먹어야지. 국밥 싫으면 밀면 먹을까?"

*

예술의 신은 엄마에게 강림했다.

"요즘은 종이가 참 반짝반짝 예쁘네. 수리야. 이거 리본, 엄마가 써도 돼?"

"어? 응."

글루건을 든 엄마의 손이 스치자 종이 위에 화려한 리본 장식이 좌르륵 생겨났다. 엄마는 들뜬 표정으로 커다란 봉지 안에서 작은 토끼 인형을 꺼냈다.

"이것도 붙여야겠다. 카페에선 이한한이 여우 닮았다고 하는데, 엄마는 토끼파거든."

여우. 지금 내 심정이 딱 그거다. 여우에 홀린 심정. 나는 내 맞은편에 앉은 엄마를 물끄러미 바라보았다. 목덜미에 찰랑거리는 하얀 머리카락. 어떻게 봐도 엄마다. 하지만 나는 이런 엄마를 몰랐다.

이런 엄마는 그러니깐.

길거리에서 파는 크레페를 예쁘다며 한참이나 바라보는 엄마.

하나를 사서 나누어 먹자고 했더니 뛸 듯이 기뻐하는 엄마. 햄버거 가게에서 나보다도 더 능숙하게 키오스크를 사용하는 엄마. 즉석 사진 기계를 보곤 저거 찍자고 눈을 반짝거리던 엄마. 문구 할인점에서 예쁜 종이와 리본이 많다고 감탄하며 쓸어 담던 엄마. 유튜브로 플래카드 만드는 법을 척척 검색하는 엄마. 컴퓨터로 디자인한 것보다 더 반듯하게 글씨를 쓰는 엄마. 순식간에 플래카드 하나를 뚝딱 만들더니 장식을 시작한 엄마. 내가 몰랐던 엄마. 하지만 처음 보는 엄마의 모습이 싫지만은 않았다.

"엄마, 왜 이렇게 잘 만들어?"

엄마가 플래카드를 리본과 인형으로 꾸미는 동안, 나는 플래카드를 하나도 완성하지 못했다.

"대학 다닐 때 많이 만들었어. 이렇게 예쁘게 꾸미지는 않았지만."

"대학 때? 왜?"

"데모에 쓰려고."

"데모? 엄마가 데모를 했어?"

엄마는 덤덤하게 계속 손을 움직였다.

"민주화 운동이 한창일 때였거든. 엄마 친구들도 다 같이 했어. 아빠도 데모하다가 만났어."

엄마의 손이 멈추고, 시선이 잠시간 허공을 헤맸다.

"…그때는 정말, 다들 용감했어. 자기가 용감한지도 모르고 용감했어. 나이 들면 그런 용기가 조금씩 사라져."

아냐. 엄마는 용감해. 회사의 다른 사람들은 모른 척한 잘못된 관행을 고치려 했잖아. 그렇게 말하고 싶었지만 꾹 참았다. 엄마는 내가 그 일을 안다는 걸 모른다.

"그래도 엄마, 얼마 전에 용기 좀 냈어."

엄마의 손이 다시 움직였다. 드디어 회사에서 있었던 일을 말해주는 건가 싶어 귀를 쫑긋 세웠다.

"엄마가 이한한 팬 카페에 부정투표 폭로 글 올렸어."

하지만 엄마의 입에서 나온 건 팬 카페에서 벌어진 사건이었다. 내가 엄마와 아줌마들의 대화를 듣고 대략 예상한 대로의 흐름이었다.

"미안해, 수리야."

엄마가 이야기를 마치고 잠시 머뭇거리다가, 불쑥 내게 사과를 했다.

"네가 모아둔 별스타 리그 별, 엄마가 마음대로 써서. 카페에서 애들이나 남편 휴대전화 이용해서 한 표라도 더 투표하라고 했거든. 투표 많이 한 거 인증하면 다들 대단하다고 해줬어. 엄마가 그때⋯ 다른 사람들 칭찬에 좀 많이 목말랐나 봐."

엄마는 별스타 리그 사건으로 나와 말다툼을 한 후, 처음으로 부정투표에 대해 알게 되었다고 했다. 그 전에는 아이디 무한 생성 사이트나 병렬 앱 사용이 잘못된 방법인지도 몰랐다고, 카페 사람들 대부분이 그럴 거라고 한숨을 쉬었다.

"알게 된 후에도 인정하기가 쉽지 않더라. 잘못된 거라고 말도 못 했지. 미움받기 싫었거든. 계속 모른 척할까 고민도 했어. 엄마가 말이야. 이전에… 맞는 말 했다가 사람들에게 미움을 좀 샀거든."

작은 토끼 인형이 플래카드 한쪽에 자리 잡았다. 나는 이름 자르는 것을 세 번째 실패했다. 'ㅇ'을 칼로 자르는 게 이렇게 힘들 줄 몰랐다.

"그랬는데 SNS에 올라온 글 보고 용기를 냈지."

"SNS? 엄마 SNS도 할 줄 알아?"

"당연하지. 엄마 회사에서 홍보용 계정 운영도 도왔는걸. 이한한 팬들이 거의 다 엄마 또래거나, 나이 더 많거나 하잖아. 그러니깐 엄마처럼 컴퓨터 잘하는 사람이 대접을 받았지. 참고로 어르신들이 SNS는 못 해도 유튜브는 끝장나게 잘해."

나는 남은 글자라도 제대로 오리려고 신중하게 손을 움직였다.

"그래서? 무슨 글을 봤는데?"

"아이돌 팬 중 누가 부정투표 유도하는 글에 아주 야무진 답글을 남겼더라. 딱 한 줄이지만 그거 쓰기까지 얼마나 고민했을까, 너무 알겠더라. 그 글로 시끌시끌해졌어. 어휴, 얼마나 겁이 났을까. 그런데도 용기를 냈잖아. 분명 어린 학생일 텐데. 나보다 훨씬 어린 아이들도 이렇게 잘못을 바로잡으려고 용기를 내는데 난 뭐 하나 싶어 정신이 번쩍 들었어."

어라, 잠깐만. 설마 이거. 낯익은 이야기였다.

"엄마, 혹시 그 글 올린 게 어느 아이돌 팬인지 알아?"

"네가 좋아하는 그, 비스킷. 너 이 사건 모르니?"

칼날이 지익, 글자 한가운데를 그어 내렸다.

"얘! 정신을 얻다 팔고 있어. 피 나잖아!"

엄마가 허둥지둥 티슈를 뽑아 들고 내 손을 붙잡았다. 칼에 베인 손가락 끝에 핏방울이 살짝 배어 나왔다. 엄마가 내 손가락 끝을 휴지로 꾹 누르자, 휴지가 빨갛게 물들었다. 엄마가 내 글을 보고 용기를 냈다니. 아픈데도 입가가 자꾸 위로 올라갔다.

"얘가 피 나는데 웃긴 왜 웃어?"

엄마. 나는 엄마의 행동에 용기를 냈던 거야. 나는 그렇게 말하는 대신 엄마를 끌어안았다. 엄마는 영문을 모르겠다는 듯, 타박을 하면서도 나를 마주 끌어안았다. 맞닿은 엄마의 가슴에서 희미한 심장의 박동이 느껴졌다. 그 어떤 노래보다도 아름다운 리듬이었다.

피는 물보다 진하다. 그건 아무래도 사실인가 보다.

*

왔노라. 보았노라. 줄을 섰노라.

콘서트가 열리는 실내 체육관 앞은 사람들로 북적거렸다. 수많은 그룹이 출연하는 콘서트인 만큼, 줄을 선 사람들의 눈도 바쁘게 돌아갔다. 자신의 앞과 뒤에 선 사람이 혹시 같은 가수를 좋아하는 사람은 아닐까, 그럼 말 한번 걸어볼까, 고민하는 기색이 몇몇 사람들의 얼굴에 스쳐 지나갔다. 아이돌 팬덤은 인터넷에선 강한 결집력을 가지지만, 오프라인에서는 의외로 낯을 가린다. 이전, 이른바 1세대 아이돌 팬들은 서로 같은 색 티셔츠를 맞춰 입고 우르르 몰려다니기도 했다지만 그런 일들은 이젠 유물일 뿐이다.

그리고 지금, 부산의 콘서트장 앞에서 유물이 되살아났다.

"웬일이야. 완전히 촌스러워."

"저래서 아줌마들은…. 대체 왜 트로트 가수가 라인업에 있냐고."

내 주변에 선 몇몇이 수군거렸다. 사람들의 시선이 향한 곳에는 이한한의 팬들이 모여서 가두 행진을 벌이고 있었다. 서른 명 정도가 이한한의 이름이 쓰인 커다란 팸플릿을 흔들며 구호를 외쳤다.

"누가 보면 이한한 솔로 콘서트인 줄 알겠네."

"그러게. 합동 콘서트에선 광고판 설치도 서로 자제하는 게 기본 아냐? 전쟁 나니깐."

"저 팬덤은 왜 저렇게 상식이 없어."

수군거림은 점점 커졌다. 나와 함께 서 있던 엄마의 표정이 눈에 띄게 굳었다. 이한한의 플래카드를 든 엄마의 손등에 핏줄이 섰다. 엄마가 이한한의 팬들을 향해 한 걸음 옮기려 할 때였다.

"뭐야, 한수리. 네가 왜 여기 있어?"

익숙하고도 뾰족한 목소리가 등을 찔렀다. 설마, 하고 뒤돌아

보니 나영이 서 있었다. 그것도 바로 내 뒤에! 하도 가까워서 오히려 서로 발견하지 못하고 있던 모양이었다.

"누군데? 영비걸 너 아는 애야?"

나영의 옆에 서 있던 사람이 물었다. 나영은 다시 나를 힐끔 보더니 그 사람의 귀에 입을 바짝 가져다 대며 무어라 소곤거렸다.

"아, 쟤가 걔야? 그 배신자?"

"쿠키 님, 목소리 조금 낮춰요. 쟤가 말도 안 되는 소문 진짜 잘 퍼뜨리거든요."

"알아. 네 쇼츠 계정 닫게 한 것도 쟤라며. 사기꾼이라는 소문 퍼뜨려서."

나영의 옆에 선 사람은 아무래도 쿠키인 듯했다. 나영과 함께 부정투표 독려 글을 올렸다가 계정을 잠근 네임드 중 한 명이다. 하지만 배신자라니. 나는 나영을 노려보았다.

"내가 왜 배신자야? 난 없는 말 지어낸 적 없어."

내가 따지자, 나영도 나를 노려보았다.

"난 널 제일 친한 친구라고 믿었어. 넌 그런 내 믿음을 배신했잖아!"

"친구 아니라고 한 건 너잖아. 내가 쓸 만해서 어울려 준 거라며?"

"그건, 네가 나한테 엄마 닮았다고 욕을 하니깐…. 뭐야. 너 그걸 진짜로 받아들였어? 혹시 서운해서 그따위 짓 한 거야?"

뾰족했던 나영의 말끝이 슬쩍 누그러졌다.

"나도 나영이 널 친구라고 믿었어."

내 말에, 나영이 배시시 웃었다.

"수리 네가 그런 말 안 했으면 나도 그런 마음에 없는 말 안 했지. 수리 너도 기분 나쁠걸? 내가 너한테 너네 엄마 닮았다고 하면. 그러니깐 네가 먼저 사과하면…."

"그게 왜 기분 나빠?"

"뭐?"

나는 내 옆에 선 엄마의 팔을 꽉 붙잡았다.

"난 우리 엄마 멋있다고 생각해. 우리 엄마는, 자기가 실수한 거 인정하고 바로잡으려고 노력해. 넌 단점까지 다 받아들여 주는 게 진짜 친구라고 했지? 난 아니야. 난 내 베프가 잘못된 일 하면 그건 잘못이라고 말할 거야. 그게 더 멋있는 관계야."

"잘난 척하지 마."

나영의 입가에서 미소가 사라졌다. 엄마가 내 팔을 마주 잡고는 손등을 토닥거렸다. 잘했다고 말해주는 듯한 토닥임이었다. 고개를 돌려 엄마를 보려는데, 쿠키와 눈이 마주쳤다. 쿠키는 나와 엄마를 번갈아 보더니 씩 웃었다. 그러더니 손나팔을 만들어 외쳤다.

"여기 좀 봐. 이 할머니. 이한한 팬 아니야? 이한한 팬이 왜 여기에 줄을 서 있지?"

주변에 서 있던 모두의 시선이 나와 엄마에게로 날아와 꽂혔다. "뭐야. 진짜네." "줌마팬 진짜 싫어." "이한한 팬들, 이전에 다른 합동 콘에서 만났는데 비매너 엄청 나. 다른 연예인들 무대 할 때마다 응원봉 딱 끄고, 아무 호응도 안 하더라니깐." "그건 진짜 선 넘은 거지! 우린 뭐 좋아서 이한한 나와도 환호해 주고 응원봉 흔들어 준 줄 아나." "맞아. 예의잖아." "예의 없는 팬덤." 이한한 팬들의 잘못을 성토하는 말들이 쏟아졌다.

"쟤는 비보 플래카드 들고 있으면서 왜 이한한 팬하고 같이 있지?"

쿠키가 다시 외쳤다. 그 말이 신호라도 된 듯 누군가 내 등을 떠밀었다. 누군가는 팔꿈치로 내 머리를 쳤다. 고의인지 아닌지 알 수 없는 폭력이었다. "스파인가 봐." "비보 팬인 척하는 거 아냐?" "비보 부정투표로 몰아간 거, 이한한 팬덤이라며?" "우리가 뭐라고 하면, 나이도 어린 게 버릇없다는 말로 다 차단해 버리잖아." "내 말이. 나이 많은 게 벼슬이야, 진짜." 웅성거리는 소리와 함께 내 몸에 부딪쳐 오는 팔꿈치의 수도 늘었다. 그러니깐 이건 화풀이다. 이한한 팬덤에 맺힌 게 있는 아이들이, 차마 할머니뻘인 엄마를 칠 순 없으니 그 옆에 있는 나를 치는 게 분명했다. 어중간한 '유교걸'들 같으니라고. 어이가 없었다.

'유치해. 이것도 상식 없는 짓인 건 마찬가지잖아.'

절대 지고 싶지 않다. 내 등 뒤에서 멀어져 어느새 사람들 틈새에 섞인 나영을 노려보며 더욱 몸을 꼿꼿하게 폈다.

"아줌마 팬이 뭐 어때서!"

내 머리 위에 작은 그늘이 드리워지는가 싶더니, 몸에 닿던 은밀한 폭력들이 사라졌다.

"내 딸 그만 건드려!"

엄마가 들고 있던 플래카드가 내 머리 위에서 우산이 되어 흔들렸다. 엄마는 양팔을 높이 들고 내 앞을 막아섰다. 나를 둘러싼 아이들이 주춤주춤 뒷걸음질을 쳤다.

"아니, 저게 뭐야?"

쩌렁쩌렁한 고함이 물러나는 인간 벽 사이를 뚫고 들어왔다.

"우리 이한한 가수님 플래카드잖아! 아니, 저것들이 우리 가족 괴롭히네. 비겁하게 한 명 둘러싸고 때리고 있다고!"

가두 행진을 하던 이한한의 팬 중 한 명이, 엄마가 들어 올린 플래카드를 본 모양이었다.

"뭐? 집단 폭행?"

"구해야지! 뭣들 해. 꺼내 와, 빨리!"

이한한의 팬들이, 인간 벽 틈으로 돌진했다. 그때부턴 아수라장 그 자체였다. 엄마는 당황해서 플래카드를 내렸고, 이한한의 팬들은 사라진 동료를 찾기 위해 아이들 틈새를 더욱 헤집었고, 모여 서 있던 아이들은 휘청거리며 나자빠지다가 옆사람을 쳤고, 마침 그 사람이 사이가 좋지 않은 그룹의 팬이라 싸움이 되었고, 경비원이 달려왔고, 입장을 시작하겠다는 안내 방송이 나왔다. 엉겨 붙어 있던 사람들은 콘서트를 놓칠세라 흩어져 게이트로 뛰어갔다. 나와 엄마도 게이트를 향해 뛰었다.

뛰던 엄마가 주저앉았다. 얼굴이 새빨갰다. 숨이 조금씩 거칠어지는 듯도 했다. 나는 엄마의 손을 잡고 벤치로 갔다. 벤치에 엄마를 앉히고 챙겨 온 생수를 가방에서 꺼냈다. 엄마가 주머니에서 약을 꺼내 입안에 넣었다. 꿀꺽. 엄마가 약을 삼키는 소리가 유독 크게 울렸다. 엄마가 벤치 등받이에 몸을 기대어 앉아 눈을 감았다. 나도 엄마 옆에 앉았다. 사람들 틈에 끼어 한참을 시달린 탓에 운동장 열 바퀴는 돈 듯 온몸이 피곤했다. "이제 곧 콘서트가 시작하니…." 안내 방송 소리가 멀어졌다. 엄마의 가느다란 숨소리가 얕은 잠의 장막으로 변해 나를 둘러쌌다.

"수리야, 일어나. 노래 들린다."

얼마나 시간이 흘렀을까. 엄마가 나를 흔들어 깨웠다. 콘서트장 밖으로 어렴풋이 비보의 노랫소리가 새어 나왔다. 눈을 떠 옆을 보니, 엄마가 벤치에서 일어나 열심히 응원봉을 흔들고 있었다.

"이거 비보 노랜데. 이한한 노래 아니야."

엄마는 응원봉 흔드는 걸 멈추지 않았다.

"알아. 네가 좋아하는 애들 노래잖아."

"그런데도 응원해?"

"좋아하는 사람이 응원 많이 받으면 행복하잖아. 엄마는 수리 네가 행복했으면 하거든."

번쩍번쩍. 별 모양 응원봉이 허공에 빛을 흩뿌렸다. 나는 벤치에 놓아둔 플래카드를 봤다. 어설프게 완성한 플래카드에 붙어 있던 글자가 떨어질락 말락 아슬아슬하게 붙어 있었다. 가방에서 네임펜과 풀을 꺼냈다. 챙겨 오길 잘했다.

잠시 고민하다가 플래카드의 글자를 떼어 냈다. '오레오. 어떤 모습이든 네가 좋아'라는 문구의 '오레오'가 사라졌다. 그 자리에 굵은 글씨로 '김채영'을 써 넣었다.

김채영. 엄마의 이름이다.

'나는 어쩌면 평생, 엄마를 모를 것 같아.'

누군가를 완전하게 아는 일이 가능할까. 내가 비스킷 보이즈를, 오레오를 아무리 좋아해도 그들의 모든 걸 아는 건 불가능하다. 무대 위에서는 반짝거리는 아이돌인 그들도, 무대 아래에선 각자의 삶을 살 테니깐. 이제까지 나는 무대 위의 엄마를, 엄마의 전부라고 착각했던 것도 같다. 엄마도 그런 착각을 할까? 엄마는 나에 대해 얼마나 알고 있을까? 사람의 관계란, 착각이란 구멍에 푹푹 빠져가며 서로의 모르던 모습을 발견해 가며 이루어지는 건 아닐까. 나는 두 팔을 힘껏 하늘로 뻗어 플래카드를 흔들었다.

오늘만큼은 최애 변경이다.

작가의 말

최애最愛. 가장 사랑하는 존재. 이 단어가 널리 쓰이게 된 건 10년여 정도 전인지라 신조어인가 싶지만 엄연히 표준국어대사전에도 등재되어 있는 단어랍니다. 시대를 막론하고 아끼는 대상을 향해 흘러넘치는 애정을 무어라 부를지 고민했던 거겠지요.

좋아하는 게 많은, 그 마음을 있는 힘껏 드러내는 사람을 좋아합니다. 그들이 뿜어 내는 반짝반짝한 긍정의 에너지가 눈부십니다. 좋아하는 연예인이 읽은 책을 들추어 보고, 존경하는 감독의 영화 팸플릿을 소중하게 스크랩하고, 푹 빠진 캐릭터의 상품을 수집하며 쌓아 올린 행복은 힘든 일상을 버티게 해주는 힘이 되어주기도 하지요.

그러나 가끔, 최애가 마음을 힘들게 할 때도 있습니다. 좋아하는 마음이 클수록 최애의 작은 행동 하나에 더 쉽게 실망할 수도 있지요. 좋아한다는 건 애정과 동경, 망상과 집착이 뒤엉킨 감정이니깐요.

어떠한 최애를 가슴에 품든지 한 가지만 명심했으면 좋겠습니다. 휘청거리더라도 나를 중심에 두어야 한다는 겁니다. 좋아하는 감정이나 표출하는 방법, 그 모든 걸 타인이 아닌 내가 주체가 되어 판단해야 합니다. 기쁨과 슬픔, 실패까지 온전히 모두 씹어 삼켜 양분으로 삼을 수 있도록 말이지요.

함께해 주신 출판사 분들, 편집자님과 이 글을 읽어주신 독자분들에게 감사의 마음을 전합니다. 다음에 다시 만날 때까지 최애와 함께 행복한 날들 보내시기를 바랍니다. 혹시 최애가 없다면 이 책이, 한순간이라도 독자분들의 최애가 되기를.

오늘만 최애 변경
ⓒ 범유진, 2025. Printed in Seoul, Korea

초판 1쇄 펴낸날	2025년 7월 30일
초판 2쇄 펴낸날	2025년 9월 19일
지은이	범유진
펴낸이	한성봉
편집	김학제·안태운·박소연
콘텐츠제작	안상준
디자인	최세정
마케팅	오주형·박민지·이예지
경영지원	국지연·송인경
펴낸곳	허블
등록	2017년 4월 24일 제2017-000050호
주소	서울시 중구 필동로8길 73 [예장동 1-42] 동아시아빌딩
페이스북	facebook.com/dongasiabooks
인스타그램	instagram.com/dongasiabook
트위터	twitter.com/in_hubble
블로그	blog.naver.com/dongasiabook
홈페이지	hubble.page
전자우편	dongasiabook@naver.com
전화	02) 757-9724, 5
팩스	02) 757-9726
ISBN	979-11-93078-49-5 43810

※ 허블은 동아시아 출판사의 문학 브랜드입니다.
※ 잘못된 책은 구입하신 서점에서 바꿔드립니다.

만든 사람들

책임편집	안태운
크로스교열	안상준
디자인	최세정